教典無的老台語

李恆德

2023.11.1.

李恆德 著

這就是一本民間版的小辭典
拄好補充教典無圓滿的所在

佇遮獻予你的
毋但是 604 句的老台語
上價值的是彼 604 篇的範文
一篇一个小故事
可比是台語版的「世說新語」

序

大約一年多前，我宣布要把我的「簡明醫用台語」再版改有聲書，有一位臉友打電話來自告奮勇要幫我的書做校對，因為頭一版的書可能有一些錯字，我當然表示感謝。

當晚她又打電話來跟我說她幫我找了好多好多錯字，我嚇了一跳，一問起來原來不是錯，是教典沒有收的字她都算錯，最多的是我收錄了有些泉州同安與教典不同的發音，也有的是同安特有的語詞（同安腔的使用者佔整個台語族群有 18.1%），再有的是大家習慣的俗音，她說教典用的是正音，俗音不能用！

我說我這本醫用台語是醫事人員和不懂華語的老人家溝通的工具，需要滿足各地不同的腔調，不准教典沒收的音和詞，那還有什麼用？何況教典收錄的音字那麼有限！

跟我對話的這位是一位現職的台語老師，自稱是某縣市音字比賽冠軍的人，她說她和幾位志同道合的人要推行台語正字，凡是教典沒收的字一概不准用！

這事情給我的感受是太可怕了，當年台語被禁造成母語萬劫不復的傷害，如今好不容易隨著台灣意識的抬頭而開始有一點母語復振的曙光，竟然有人要把台語定於一尊，而有非教典不准流傳的聲音出現！

我沒有漠視教典的貢獻，但畢竟教典是還在成長中的字典，他目前是以南部漳腔為基準，對於使用著比漳腔還多的泉腔、以及大家熟知的北部漳腔如宜蘭，還有其他許許多多不同的腔調和用詞還來不及收錄完全，現在就急著要把台語定於一尊太不應該了！

世界因為多元而美麗，台灣因為多元而能抬頭挺胸面對極權國家的打壓；走過專制統治的年代，我們希望我們的世界和我們的母語也是多采多姿，我們不做藍螞蟻！

這是我發奮寫「教典無的老台語」的緣起，因為資材太多，隨手就有，所以短短半年多就寫了 604 句，限於篇幅只好就此打住，如果

還有，以後再說吧。

　或許我要感謝這位刺激了我的臉友，有她才讓我想到寫這本書，也許就是所謂讓我「逆增上緣」吧！

　當然也要感謝很多朋友的支持和多位大師級的前輩好友的推薦，內心確實有無限的感激，願我們共同的努力有助於母語復振這條路能更加順暢！

李恆德　謹誌

2022.8.28

踏話頭

傳承母語毋是傳承教典語

根據 1926 年日本總督府的統計
彼時島內講台語的族群有 304 萬人
當中泉腔 168 萬佔 55.3%
漳腔 136 萬佔 44.7%
漳腔閣有南北之分腔口佮用語攏無啥全

所以咱就會當了解，學台語若是干焦靠教典，教典閣是以南部漳腔為
準，伊傳承的就不過是彼 44.7% 中間的一部分，大約嘛才 20 幾拋爾
這就是咱母語傳承袂當無去注意的代誌。

雖然因為人口的流動各種腔口透濫真濟
無全腔口差異性無遐嚴重大約攏聽有
毋過為著欲予咱的母語傳承較公平齊全
嘛為著腔口較多元較美麗可愛
有需要咱逐家做伙來拍拚予伊較圓滿

這就是我寫這本冊的目的
期待逐家的指教佮鼓勵！

李恆德　拜候
2022.8.28

目次

全羅

台語　kàng

華語　嗆辣

台語範文

　　阿銘招阿榮去食 sú-sih，阿銘食甲鼻流瀾流，阿榮問伊是按怎，阿銘講去予 ua-sá-bih kàng 著，阿榮講：這種情形阮講衝著呢！原來這是中部人的講法。

範文華譯

　　阿銘找阿榮去吃壽司，阿銘吃得眼淚直流，阿榮問他怎麼了？阿銘說被芥茉嗆到，阿榮說這種情形我們叫衝，原來這是中部人的講法！

台語　mè-suh／sah-khuh

華語　月事／保險套

台語範文

　　伊共男朋友講：攏是你攏是你，攏是你害的，叫你帶 sah-khuh 你毋肯，這馬我 mè-suh 無來你愛負責！

範文華譯

　　她跟男朋友說：都是你都是你都是你害的，叫你帶套你不肯，現在我月事沒來你要負責！

台語 i-ó-sī-sō

華語 鬼混

台語範文

個彼陣毋成囡仔，國中出業就無閣升學，頭路食袂牢，也毋去學功夫，規工閒閒就相招一四界 i-ó-sī-sō 做無好代誌，有夠拚拚！

範文華譯

他們那群小屁孩，國中畢業就沒再升學，工作做不久，也不去學功夫，整天閒著沒事就相約到處鬼混，做不了什麼好事，有夠糟糕！

台語 a-pú-tsih

華語 小胖子

台語範文

人人叫我 a-pú-tsih，予我實在足受氣，我嘛無愛按呢生，因為細漢阿媽飼，阿媽共我烏白補，補啊補一下變按呢，我實在有影足慼伊！

範文華譯

人人叫我小胖子，讓我實在很生氣，我也不想這個樣，因為小時阿媽養，阿媽幫我胡亂補，補啊補成這德行，讓我實在很氣她！

台語　sa-bì-suh

華語　免費招待

台語範文

飯食煞，服務生來算數，桌頂酒菜點點咧講總共六个菜 4 罐麥仔酒，伊共服務生提醒講猶有這盤算無著，服務生講這盤是 sa-bì-suh 的！

範文華譯

飯吃完，服務生來結帳，桌上酒菜數一數一共 6 個菜 4 瓶啤酒，他跟服務生提醒說還有這盤沒數到，服務生說：這盤是免費送的！

台語　phu-lá-suh／mai-ná-suh

華語　加號／減號

台語範文

人生就是加加減減，工課加減做，箍箍加減趁，歲頭一工一工 phu-lá-suh，歲壽一工一工 mai-ná-suh，等有一工時間若到就無加閣無減囉！

範文華譯

人生就是加加減減，工作加減做，鈔票加減賺，歲數一天一天普拉斯，壽命一天一天麥娜絲，等有一天時間到了就不加又不減了！

台語　ku-lô-pit-sò

華語　拐瓜劣棗

台語範文

彼个黨的成立，也無一个理想性，也無一个好主張，也無一个好目標，閣無一个予人尊敬的領導人，干焦收一寡 ku-lô-pit-sò 哪會成功？早緊慢會予選民共放捒！

範文華譯

那個黨的成立既無一個理想性，也沒有一個好主張，更沒有一個好目標，連帶也沒有一個讓人尊敬的領導人，只是收一些拐瓜劣棗怎麼會成功，早晚會被選民淘汰！

台語　ti-bú-tì-teh

華語　哩哩囉囉講不清楚

台語範文

阿翔下課轉到厝，看著阿媽就緊共阿媽講伊佇學校的代誌，講甲 ti-bú-tì-teh 講袂清楚，阿媽講：戇孫，免趕緊沓沓仔來，若無，你講遐緊阿媽聽無。

範文華譯

阿翔下課回到家，看到阿媽就急著要跟阿媽講他在學校的事情，講得哩哩囉囉講不清楚，阿媽說：傻孩子，慢慢來，不然阿媽聽不清楚！

台語 　it-pái-it-pái

華語 尺寸吻合

台語範文

某討欲買車，翁炁伊去揀，伊揀來揀去揀一台 MINI，翁講 VOLVO 較安全，你哪會無愛？某講我人細漢，這台合我拄好 it-pái-it-pái，VOLVO 傷大台，我毋敢愛！

範文華譯

老婆要買車，老公帶他去挑，她挑來挑去挑了一台 MINI，老公說：VOLVO 比較安全你為什麼不要？老婆說：我個子小 MINI 的尺寸跟我恰到好處，VOLVO 太大我不敢要！

台語 　khām-khāinn

華語 霸凌

台語範文

20 幾年前伊今仔入公司的時，公司的人大部分是董事會的親族仔，伊是孤鳥，不時會夆 khām-khāinn，了後靠伊比別人加幾若倍的拍拚，做出成績才有機會一步一步 peh 起來。

範文華譯

20 幾年前他剛進公司的時候，公司的人大部分是董事會的家族，他是孤鳥不時會被霸凌，之後靠著比別人多好幾倍的努力做出成績才有機會一步步爬上來！

台語　phut-lut-sut

華語　瞬間

台語範文

時間咧過真緊，我退休到今 phut-lut-sut 有 15 冬矣；

伊食物件真緊，一碗滷肉飯配滷卵 phut-lut-sut 5 分鐘伊就解決矣！

範文華譯

時間過得很快，我退休至今一瞬間有 15 年了；

他吃東西好快，一碗滷肉飯配滷蛋他一下子 5 分鐘就吃完了！

台語　jiáng#khián

華語　猜拳，剪刀石頭布

台語範文

咱來覕相揣，先用 jiáng#khián 比看誰上輸，輸的人做鬼，等有人予你掠著才換伊做鬼，按呢足簡單，耍 --e 足久。

範文華譯

我們來捉迷藏，先用剪刀石頭布猜拳，猜輸的當鬼，等有人被抓才換他做鬼，這樣很簡單，可以玩很久！

台語　ki-ki-kúh-kúh

華語　小爭吵

台語範文

王太太講個後生佮新婦離掉矣，問伊講是按怎？王太太講：兩个人個性根本袂合，結婚無三工就起冤家，了後逐工都 ki-ki-kúh-kúh，久去就變冤仇人矣，無離嘛袂煞！

範文華譯

王太太說她兒子跟媳婦離掉了，問她說為什麼？王太太說兩個人個性根本不合，結婚不到三天就吵起來，過後每天小爭吵不斷，久而久之變了仇人，不離也不行了！

台語　niauh-kiaunnh

華語　其貌不揚

台語範文

社會的人是百百種，不管是外型抑是個性，攏有真濟的無仝：有人緣投，有人飄撇，有人懸大，有人四壯，有人影目，有人活跳，就是無人愛 niauh-kiaunnh。

範文華譯

社會上的人是形形色色，不管是外型還是個性，都各有很大的不同，有人俊美，有人瀟灑，有人高大，有人壯碩，有人亮眼，有人活潑，就是沒有人願意其貌不揚！

台語　thàn-kah（外來語）

華語　擔架

台語範文

人講愛哭興綴路，伊明明是滷肉跤，平常也無咧運動，偏偏閣欲綴人去跖山，這聲害矣！半中途跋落去崁底，跤骨跋斷，愛予人怙 thàn-kah 扛轉去。

範文華譯

都說他愛哭鬼又喜歡做跟屁蟲，明明不行，平常又沒在做運動，偏要跟人家去爬山，這下好了，半路摔到崖下，摔斷腿，要讓人用擔架抬回去。

台語　lâm#bá-uán（外來語）
原文　number1

華語　第一把

台語範文

台灣雖然面積無蓋大，毋過經濟實力真強，足濟物件佇全世界攏算是 lâm#bá-uán，可比「健保」佮咱的「電子半導體」產業攏是！

範文華譯

台灣雖然面積沒很大，不過經濟實力雄厚，很多東西在全世界擺第一，像健保和電子半導體業都是！

台語 bân#soh-koh（外來語）

華語 醫療用貼布

台語範文

你若毋拄好去割著，鑿著，空喙血淹淹流欲按怎？你敢毋是會緊用藥水共清清洗洗咧閣用 bân#soh-koh 共貼著，莫予伊沐著水；是講你若失戀，你心肝頭的空喙欲用啥來貼？用弓蕉皮捶予爛來糊毋知有效無？

範文華譯

你如果不小心被割到扎到，鮮血直流，你是不是會趕快用藥水清洗傷口，然後拿個藥用貼布貼上，免得沾水；可是你要是失戀了，你心頭的傷口要拿什麼來貼，用香蕉皮搗爛來貼行嗎？！

半羅半漢

台語	女中／ nè-tsiàng（外來語）
拼音	lí-tiong（限他稱）／ nè-tsiàng（不限）

華語　旅社的服務生

台語範文

阿成去出張，蹛一間小旅社，女中誠好禮，一直問伊欲叫一个無？阿成誠古意應講毋免，nè-tsiàng 繼續鼓吹講：服務一下解疲勞，阿成講袂使，予阮某知我就害！nè-tsiàng 緊講：免驚，是叫一个來掠龍的啦！

範文華譯

阿成去出差，住一間小旅社，服務生很殷勤，一直問他要不要叫一個？阿成老實人就回說不要，服務生繼續鼓吹說：叫一個服務一下解疲勞，阿成趕緊說：不行，老婆知道我就慘了，服務生趕快說：是叫個按摩的啦！

台語	姨 --ā
拼音	î--ā

華語　母親

台語範文

阮老爸講伊細漢個兜足散赤，老爸閣匪類無顧家，個姨 --ā 晟個大漢足艱苦；阮老母講個姨 --ā 真家婆愛過家愛雜插；個兩个人一个是漳一个是泉，結果攏叫老母叫姨 --ā。

範文華譯

我爸說他小時候家裡很窮，他爸又四處浪蕩不養家，他媽養他長大很辛苦，我媽說他媽愛管閒事愛串門子管東管西，兩個人一個是漳一個是泉，結果都叫母親叫姨 --ā！

台語	雨閘仔／hi-sá-sih（外來語）
拼音	hōo-tsáh-á

華語　雨遮

台語範文

　　以前賣厝窗仔頂懸遮雨的雨閘仔嘛愛算錢，阿公講：hânn ～你這 hi-sá-sih 用也袂著也著用錢買，敢袂傷諏；話是按呢講無毋著，毋過雨閘仔無算錢，共錢分伴去其他的所在嘛是僻款！

範文華譯

　　以前賣房子窗子上頭的雨遮也要算錢，阿公說這雨遮又用不到也要錢會不會太過份，話是不錯，雨遮不算錢，但把它分攤到別的地方，結果還不是一樣！

台語	噴噴 --à
拼音	phùn-phùn--à

華語　稀稀落落

台語範文

　　春天過矣，來到陽明山看花，雖然時機有較慢，當開的櫻花赴無著，毋過嘛是猶有噴噴 --à 兩蕊仔，看起來猶閣袂穤！

範文華譯

　　春天過了，來到陽明山看花，雖然時機有點慢，盛開的櫻花沒趕上，不過還是有稀稀落落幾朵，看起來還不錯！

台語　no 捽[1]
拼音　noo-sut

華語　沒搞頭了，本意是沒得吃

台語範文

赤壁之戰曹操原來的的兵馬頂顢水戰，盡靠靠荊州投降的蔡瑁，誰知影伊一時失覺察中了周瑜的反間計將蔡瑁處斬，致使伊征吳的大計就按呢 no 捽矣！

範文華譯

赤壁之戰曹操原來的兵馬不擅水戰，仰仗的是荊州投降的蔡瑁，誰知道他一時失察中了周瑜的反間計，將蔡瑁處斬，致使他的征吳大計就沒搞頭了！

台語　gìm 龜
拼音　gìm-ku

華語　精神不濟的樣子

台語範文

隔壁三樓賴先生真久無看 --è 矣，我問阮某最近捌看 --è 無？阮某共我講伊頂個月就去矣！我講莫怪，自舊年開始看伊就一个按呢 gìm 龜 gìm 龜！

範文華譯

隔壁三樓賴先生好久沒看到了，我問老婆最近見過沒？老婆告訴我說他上個月就走了，我說難怪，去年開始就看他那樣一付精神不濟的樣子！

---

[1] 英語台語混著用，原是玩笑話

台語	hia 遮
拼音	hia-tsia

華語　大而無當

台語範文

伊最近買新厝，頂手是人的中古厝新成格的，厝主共講伊客廳的膨椅佮壁櫥攏猶新新，伊若無嫌攏會使送伊，毋過伊嫌伊彼壁櫥傷 hia 遮，共講多謝毋免！

範文華譯

他最近買新房子，是人家的中古屋新裝潢的，屋主告訴他客廳的沙發和壁櫥都還很新，如果不嫌棄都可以送給他。可是他覺得那個壁櫥太大，就跟他說謝謝不用了！

台語	呧呧 ta-ta
拼音	ti-ti-ta-ta

華語　嘰哩呱啦

台語範文

阮孫細漢的時愛講話，逐工目睭擘金就呧呧 ta-ta 講袂煞，連對面社區的警衛阿伯嘛聽會著，伊若兩工仔無咧厝，阿伯就會問講哪會無看著恁彼个呧呧 ta-ta 的孫。

範文華譯

我的孫小時候愛講話，每天睜開眼睛就嘀嘀嗒嗒講不停，連對面社區的警衛阿伯都聽得見，她如果兩天不在家，阿伯就會問說怎麼沒看到你們家那嘀嘀嗒嗒的孫！

台語　欲哭欲 nih
拼音　beh-khàu-beh-nih

華語　哭哭啼啼

台語範文

喜事的日仔看好矣，桌定好矣，帖仔嘛放矣，查某囡竟然欲哭欲 nih 走來躓講無欲嫁矣，問伊是按怎？講就是為著新郎無閒通陪伊去試禮服啦！

範文華譯

喜事的日子看好了，桌訂好了，帖子也放了，女兒竟然哭哭啼啼的跑來鬧說她不嫁了，問她是怎麼了？說就是為了新郎沒有時間陪她去試禮服啦！

台語　膣寶 ni-ni
拼音　tsi-pó-ni-ni

華語　寶貝兮兮

台語範文

人講臭頭仔囡嘛是家己的，家己的囡穤罔穤臭頭罔臭頭，講起來逐个攏嘛膣寶 ni-ni，閣有一句話閣較趣味，就是講：穤穤翁食袂空，家己的翁婿嘛是膣寶 ni-ni，袂輸臭頭仔囡！

範文華譯

人家說臭頭的孩子也是自己的，自己的孩子醜歸醜臭頭歸臭頭，講起來都是寶貝兮兮的，還有一句話更有趣說：醜老公吃不垮，自己的老公也一樣寶貝兮兮，不輸臭頭的孩子！

台語 抐抐 hiúnn
拼音 lā-lā-hiúnn

華語 不亦樂乎

台語範文

阿麗自生伊彼對雙生仔囝了後就共頭路辭捒揀，因為伊講伊干焦舞伊彼兩个囡仔疕就舞甲抐抐 hiúnn 矣，欲閣去上班根本就無可能！

範文華譯

阿麗自從生了她那對雙胞胎之後就把工作辭掉，因為她說她光是對付那兩個小屁蛋就忙得不亦樂乎，想要去上班根本不可能！

台語 lōo-lōo 捭
拼音 lōo-lōo-hián

華語 搖搖晃晃

台語範文

路頂彼欉老樹樹頭已經敗矣，風颱未來本身就已經 lōo-lōo 捭矣，這馬風颱欲來養路單位趕緊來共剉掉，就是驚伊袂堪得予風一下吹煞倒翹翹，會去砸著人！

範文華譯

路的上方那棵樹樹頭已經腐爛了，颱風未來本身已經搖搖晃晃，現在颱風要來養路單位趕快把它砍倒，就是怕它經不起風一次就倒了，會壓到人！

台語	鬍 lap-sap
拼音	hôo-lap-sap

華語	胡亂

台語範文

昨暗囡仔發燒,伊舞甲規暝無眠,早起看講囡仔已經好甲差不多矣,緊交予大家仔了後趕來公司,到位的時 meeting 已經開始矣,著伊報告,伊無準備,鬍 lap-sap 講講咧,感覺足懊惱!

範文華譯

昨晚小孩發燒,弄得她整晚沒睡,早上看說已經好得差不多了,趕忙交給婆婆然後趕到公司,到的時候,晨會已經開始,該她報告時因為沒有準備便胡亂講講,感到很懊惱!

台語	阿打馬 không 久哩
拼音	a-tá-má không#kú-lih

華語	腦袋僵硬得像混凝土

台語範文

無法度,伊就是夆洗腦洗甲阿打馬 không 久哩去矣,你較按怎講伊嘛轉袂過來,枉費你的心神佮喙瀾!

範文華譯

沒辦法,他就是被洗腦洗到腦袋僵硬得像混凝土,你怎麼講他就是轉不過來,枉費你的心神和口舌!

台語　覕覕 tshih-tshih
拼音　bih-bih-tshih-tshih

華語　畏畏縮縮

台語範文

女友對伊有交代，老爸歡喜叫你來，雖然見面頭一擺，提出男兒的氣概，覕覕 tshih-tshih 就不該！

範文華譯

女友對他有交代，老爸高興叫你來，雖是見面頭一次，拿出男人的氣概，畏畏縮縮就不該！

台語　目睭 nih-tshiauh 仔 nih-tshiauh
拼音　bak-tsiu nih-tshiauh-á nih-tshiauh

華語　眼巴巴的

台語範文

看著愛人嫁別人，一時心酸目箍紅，萬般無奈毋甘放，目睭 nih-tshiauh 仔 nih-tshiauh 心沉重！

範文華譯

眼看愛人嫁別人，一時傷心眼睛紅，
萬般無奈心沉重，眼睛巴巴嘆不公。

全漢一字部

台語	挑
拼音	thio

華語	撈

台語範文

阿堅佇公家的職位無講蓋懸，一份死薪水飼一家無啥夠，毋過伊日語誠好，時間外做家教，接翻譯，外路仔加減挑，嘛是挑甲油洗洗，予一家伙仔食穿無問題！

範文華譯

阿堅在公家的職位不很高，一份薪水養一家不很夠，不過他日語很好，下班做家教，接翻譯，外快加減撈，也是撈得開心，讓一家人溫飽沒問題！

台語	懷
拼音	kuî

華語	放進口袋

台語範文

阿原欲去做兵彼工，阿媽提一个紅包共囥咧阿原的橐袋仔內，閣共阿原講：阿媽這5千箍予你懷，你愛懷予好，毋通拍交落去，啊若腹肚枵就去福利社買物仔來食，毋通囥咧予枵！

範文華譯

阿原要去當兵那天，阿媽拿一個紅包放在他口袋裡，還跟他說：阿媽這五千塊給你，你要收好，不要搞丟，如果肚子餓就去福利社買東西吃，不要讓它餓著了！

台語	頹
拼音	thuē

華語	愚鈍

台語範文

以早我學師仔，師傅個查某囝對我誠好，人共我講伊對我有意思，我想講阮若兄妹仔咧，好是好我並無啥物感覺，這馬共想起來我有影有較頹！

範文華譯

以前我當學徒，師傅的女兒對我很好，人家告訴我說她對我有意思，我想我們像兄妹一般，好是好我對她並沒有什麼感覺，現在回想起來我確實有點愚鈍！

台語	歛
拼音	liám

華語	減省

台語範文

伊嫁來的時個兜猶真好額，大家仔扞手頭，逐項都真奢華，這馬家境不比以前，換伊扞手頭，伊逐項都共歛，有的免開遐大條，伊就減寡，有的無必要的，伊就共省掉。

範文華譯

她嫁來的時候她們家還很有錢，婆婆持家，樣樣都很奢華，現在家境不比從前，換她持家，她樣樣都省，有的不用花那麼大筆，她就減一點，有的沒必要的，他就省掉！

台語	撸
拼音	lóo

華語　搖動

台語範文

俊豪喙齒疼幾若工矣，頭起先伊想講無閒小忍一下，今仔日疼甲擋袂牢矣走去齒科予醫生看，醫生共講：你這支喙齒已經 lōo-lōo 捘矣，我小撸振動咧伊就落起來矣！

範文華譯

俊豪牙齒痛好幾天了，剛開始他想因為忙就忍耐一下，今天實在痛得受不了了就跑去看醫生，醫生說：你這牙齒已經搖搖晃晃了，我稍微再搖一下它就掉下來了！

台語	闖
拼音	tshuànn

華語　剽悍

台語範文

有人天生闖，兇殘愛相拍，相拍毋驚人死，一定愛拍甲贏，古早有一句話講：較闖過蔡牽，蔡牽是嘉慶年代的大海賊，做鱸鰻做甲變海賊，閣做甲累次拍敗官兵的大海賊，有影闖！

範文華譯

有人天生兇殘，愛打架，不在乎把人打死，一定要打贏，古時候有一句話說：再兇不過蔡牽，蔡牽是嘉慶年間的大海賊，當流氓當到變海賊，再當到屢次打敗官兵的大海賊，夠兇夠狠！

全漢二字部

台語	一成
拼音	it-sîng

華語　一模一樣

台語範文

個查某囝和伊兩个人不管面模，體態，個性，笑容，甚至打扮，衫穿項項攏一成，人人攏講個兩个是雙生仔姊妹，聽人按呢講伊足歡喜毋過查某囝足受氣！

範文華譯

她女兒和她兩個人不論是面貌，體態，個性，笑容，以至於打扮，衣著樣樣都一模一樣，人人都說她們倆是雙胞姊妹，聽人這麼說，她很高興但女兒很生氣！

台語	乜代
拼音	mih-tāi

華語　幹嘛

台語範文

閒來無事花園坐，欲招公子來泡茶，
怨嘆伊講真歹勢，毋知乜代來相推。

範文華譯

閒來無事花園坐，想邀公子來泡茶，
就怨他回說失禮，幹嘛跟我推托啥。

台語　了路
拼音　liáu-lōo

華語　完蛋

台語範文

自本逐家看伊真有，伊學歷好對人閣好禮，逐家看伊有機會接班選鄉長，可惜彼擺伊無堅持，閣予人用錢挲圓仔湯挲掉了後就按呢了路去矣。

範文華譯

本來大家很看好他，他學歷好待人又客氣，大家看他有機會接班選鄉長，可惜那次他沒有堅持，又被人家用錢搓圓仔湯搓掉之後就這樣子完蛋了！

台語　上正
拼音　tsiūnn-tsiànn

華語　完美端正

台語範文

嬌穤在人看，無一定的標準，在我看真簡單，毋免妖嬌美麗，毋免噡死胡蠅螞仔一大堆，生做上正就好，當然若會當親像林志玲彼範的嘛無嫌啦！

範文華譯

漂不漂亮隨人看，沒有一定的標準，依我看很簡單，不需要妖嬌美麗，不需要迷倒眾生，只要長得端正就可以，當然啦，能夠像林志玲那樣我也不嫌啦！

台語　一禮
拼音　it-lé

華語　好禮，誠意，依規

台語範文

阿秀嫁予阿泉的時，阿泉的老母是堅持反對，歸尾是阿泉佮個老母變面才成的，毋過個老母猶真毋願，所以對阿秀一直攏真冷淡，予阿秀感覺真委屈。雖然是按呢，阿秀的爸母若拄著親家親姆，嘛照常攏是一禮款待！

範文華譯

阿秀嫁給阿泉的時候，阿泉的媽媽是堅決反對的，最後是阿泉和他媽翻了臉才成的，不過他媽媽仍然心有未甘，所以對阿秀一直很冷淡，讓阿秀很受委屈。雖然如此，阿秀的父母如果遇到親家公親家母的時候，也照常都好禮相待！

台語　大才
拼音　tāi-tsâi

華語　成熟穩重

台語範文

逐家咧討論選舉愛選啥物款的人，我講若是民意代表愛選好央教的，若是縣市長愛選會做代誌的，啊若是選總統愛選有大才理性穩重的人，會啼會哭容易激動的人毋通！

範文華譯

大家在討論選舉要選什麼樣的人，我說如果是民意代表要選勤快的，如果是縣市長要選會做事的，那如果選總統要選成熟穩重的人，會啼會哭容易激動的人不可以！

台語	大胘
拼音	tuā-kiān

	華語	動作遲緩者

台語範文

伊作穡跤手足混鈍，慇趄，袂扭掠，逐擺若佮佢老爸鬥陣去田裡，就予佢老爸共罵講你這个大胘仔有夠無效！

範文華譯

他做農事手腳很笨拙，動作緩慢，不俐落，每次跟他老爸一起下田，就被他老子數落他動作遲緩，是沒用的傢伙！

台語	大塊
拼音	tuā-tè

	華語	架子很大

台語範文

伊的人個性較死板，袂曉佮人頭頷尾頷，予人感覺伊較無親切，誤會講伊是傷大塊，所以伊人緣無好，選議員幾若擺攏無牢。

範文華譯

他的人個性比較死板，不會見了人就低頭哈腰，給人比較不親切的感覺，讓人家誤會說他架子很大，所以他人緣並不好，幾次選議員都沒選上！

台語 寸進
拼音 tshùn-tsìn

華語 上進

台語範文

知你拍拚有寸進，功名在握慰爹親，
娘囡傍你有頭面，日日思君好落眠。

範文華譯

知你認真肯上進，功名在望慰爹親，
娘子託福有頭臉，日日思君有好眠。

台語 小七
拼音 siáu-tshit

華語 小丑，嘻皮笑臉的人

台語範文

阿同個董的便若請客食飯攏會招伊做伙去，因為董的愛鬧熱閣酒量穤，愛阿同陪伊去做酒伴，閣兼陪人客練痟話做小七，予食飯的氣氛較輕鬆咧！

範文華譯

阿同的老董每次請客吃飯都會邀他一起去，因為他老董愛熱鬧又酒量不好，要阿同陪他去當酒伴，還兼陪客人瞎聊逗客人開心，讓飯局氣氛輕鬆！

台語　不目
拼音　put-bók

華語　看不過去

台語範文

五个兄弟中間自本是第三的上乖上有孝，誰知娶某了後變某奴，某閣無賢慧，尤其家伙分了，序大人照輪去食団，輪到佝兜佝翁仔某攏無好禮款待，三頓食甲毋成羹頓，講話閣不時穩穩笑笑，厝邊頭尾攏看了誠不目！

範文華譯

五個兄弟原本老三最乖最孝順，誰知道娶妻之後什麼都聽老婆的，偏偏老婆又不賢慧，分家之後父母親輪流去兒子家吃，輪到他們家時兩夫妻都沒有好好款待，三餐吃得不好，講話又經常沒有好言好語，左鄰右舍都看不過去！

台語　不廉
拼音　put-liâm

華語　唸／吃個不停

台語範文

翁嫌某一支喙一工甲暗踅踅唸，足不廉，有夠煩；某應講：你家己彼支喙一工甲暗潽潽食食無停，才是大不廉。

範文華譯

老公嫌老婆一張嘴一天到晚碎碎念，唸不停有夠煩，老婆回他：你自己一張嘴一天到晚吃個不停才真是愛吃！

台語	勼燒
拼音	kiu-sio

華語　躲進被窩裡取暖

台語範文

　　台灣是亞熱帶，天氣普遍較燒熱，致使咱的人熱較慣勢，寒加較驚，逐擺若小可一下寒，逐家就咻咻叫，喝講：天氣遮寒緊來去棉被內勼燒。

範文華譯

　　台灣是亞熱帶，天氣普遍比較熱，以致我們的人普遍比較習慣熱而比較怕冷，每次稍微有點冷，就叫說：趕快來躲被窩裡取暖！

台語	反死
拼音	huán-sí

華語　反常

台語範文

　　某共我講：你食老反死，較早少年足驚寒，寒天裘仔穿雙領，這馬一領都免穿，我講：豈毋知我老骨有崆崆，老皮袂過風。

範文華譯

　　老婆告訴我說：你老了很反常，以前年輕的時候很怕冷，冬天外套要穿兩層，現在一件都不用穿，我說：你不知道我現在是老皮不透風，老骨頭硬邦邦嗎？

台語 手勢
拼音 tshiú-sì

華語 本事，手氣

台語範文

朋友欲送一盆花予我顧，我講毋通，種花我足歹手勢，種甲佗死甲佗，啊若是飼貓我著足好手勢，我捌二隻貓飼甲變 16 隻！

範文華譯

朋友要送一盆花給我照顧，我說不要，因為我手氣不好，種到哪死到哪，，如果養貓我手氣就很好，曾經 2 隻養到變 16 隻！

台語 一體
拼音 it-thé

華語 一視同仁，同等對待，相同處理（另解）

台語範文

我去錄音的時，錄音室的人共我講：咱錄的時每一句攏愛一遍台語一遍華語，等我規本錄煞，伊通知我去補錄。我講是按怎？伊講：你有的所在篇名的華語無唸著，我講按呢我知，不管是篇名抑是內容攏愛一體就著矣啦！

範文華譯

我去錄音的時候，錄音室的人告訴我說，我們錄的時候每一句都要台語一遍華語一遍，等我整本錄完，她通知我去補錄。我問怎麼了？她說你有些篇名的華語沒唸到，我說這樣我了解，不管是篇名還是內容都要一視同仁就對了！

台語	出破
拼音	tshut-phuà

華語	敗露

台語範文

1964 年彭明敏聯合謝聰敏、魏廷朝三个人鬥陣欲發表「台灣自救宣言」，按算欲印一萬份寄予全台灣各界的領袖，結果因為印刷廠老板著驚去報警，煞予代誌來出破！

範文華譯

1964 年彭明敏聯合謝聰敏、魏廷朝三個人一起要發表「台灣自救宣言」，打算印一萬份寄給全台灣各界的領袖，結果因為印刷廠老闆害怕去報警，而讓事跡敗露！

台語	三生
拼音	sam-sing

華語	流氣，不正派，愛惹事

台語範文

媒人共阿珍報一个對象講對方條件袂穩，彼工雙方約佇一間冰果店見面，個母 --à 嘛綴去看，隔轉工媒人來問阿珍有佮意無？阿珍未開喙，個母 --à 就先講無愛，因為伊看彼个查埔囡仔行路佮講話攏三生三生伊袂佮意！

範文華譯

媒人幫阿珍找一個對象說對方條件不錯，那天雙方約在一家冰果店見面，她媽媽也跟著去，第二天媒人來問阿珍中意嗎？阿珍未開口，他媽就先說不要，因為她看男方不管走路或言談都有點流氣，她不喜歡！

台語　古博
拼音　kóo-phok

華語　早熟，博學，有見地

台語範文

這个囡仔足古博，問伊啥物攏知，足濟代誌捌比大人較濟，認真共聽起來，人伊有家己的看法，毋是綴人講爾，有影無簡單。

範文華譯

這小孩很博學，問他什麼都懂，很多事情懂得比大人還多，仔細聽起來，他有自己的看法，不是跟著人家講而已，真的不簡單！

台語　叫喙
拼音　kiò-tshuì

華語　使喚

台語範文

老實共你講，阮某攏毋敢對我無好，因為伊跤路穩，定定著愛向望我予伊叫喙，替伊去外口買東買西。

範文華譯

老實告訴你，我老婆都不敢對我不好，因為她腳不好，常常需要我讓她使喚，替她到外頭買東買西。

台語	下進
拼音	ē-tsìn

華語　專指宗族關係的後輩

台語範文

阮石牌仔彼間百幾年的大瓦厝，最近聽講欲拆掉起大樓矣。逐家聽著足毋甘，因為彼間厝猶保留甲誠嬌，拆掉足拍損，是講嘛無法度，因為這間厝已經傳甲第 5 代矣，下進仔攏四散，大部分主張改建通分錢！

範文華譯

我們石牌那間百餘年的三合院，最近聽說要拆掉蓋大樓了。大家聽了很不捨，因為那間房子還保留得很漂亮，拆掉好可惜，不過也沒辦法，因為房子已經傳到第 5 代，後輩都四散，大部分主張改建可以分錢！

台語	幼消
拼音	iù-siau

華語　瘦小，發育不良

台語範文

阿媽講：阿銘你過年 15 歲矣呢，是按怎猶閣飼無起身，一隻生做遮幼消！老爸講無人按呢算啦，伊年尾仔囝算足歲今仔滿 13 歲，才開始欲大，你是咧緊張啥！

範文華譯

阿媽說：阿銘你過年 15 歲了呢，怎麼還是沒發育好，長得這麼瘦小，老爸說沒有人這樣子算的啦，他是年尾出生，算足歲才剛滿 13 歲，才剛要發育，你在緊張什麼！

台語　生面
拼音　tshenn-bīn

華語　開不起玩笑

台語範文

毋知伊遐爾生面，我戀戀和伊鬥陣，
有來去閣有耍笑，誰知伊變面遐緊。

範文華譯

不曉得他愛翻臉，我和他經常相見，
有來往也開玩笑，誰知他說變就變。

台語　白信
拼音　pe̍h-sìn

華語　氰化鉀

台語範文

台灣的溪仔短閣淺真少大尾魚，細尾魚仔用蘆藤去毒就有，蘆藤毒性薄，魚仔毒昏半點鐘了後會清醒，上驚有人用白信去毒，白信足毒，用落魚仔大細尾攏死了了，人抾去食嘛有毒！

範文華譯

台灣的溪流短又淺很少有大魚，小魚用蘆藤去毒就抓得到，蘆藤毒性弱，小魚毒昏半小時後就清醒，最怕有人用氰化鉀去毒，氰化鉀很毒，投入水中大小魚死光光，人撿回去吃也有毒！

台語	目實
拼音	bak-sit

華語　賣相，外觀

台語範文

過年送禮欲送啥物？平仔開一千箍，若送烏魚子才一片薄薄 --à 爾，若送紐西蘭櫻桃，拄一公斤一大盒，看起來加足有目實咧！

範文華譯

過年送禮要送什麼，同樣花一千塊錢，如果送烏魚子才薄薄一片，如果送紐西蘭櫻桃，剛好一公斤一大盒，外觀好看多了！

台語	合戮
拼音	hah-lak

華語　承受

台語範文

查某囝炁男朋友來見老爸母，等個兩个轉去了後，老爸偷偷 --a 共老母講：咱查某囝遐爾刺，人伊遐古意，兩个若鬥陣，伊定著合戮咱查某囝袂倒，按呢敢好？

範文華譯

女兒帶男朋友來見老爸老媽，等兩人回去之後，老爸偷偷跟老媽說：我們女兒那麼兇，人家那麼老實，兩人如果在一起，人家肯定承受不起女兒，這樣子好嗎？

台語　吊手
拼音　tiàu-tshiú

華語　懸肘不順手

台語範文

我人細漢無甲 160 叫我騎這台《哈雷》遮爾大台，手抇閣遮懸，感覺足吊手，有影足袂慣勢，騎著煞小可驚驚！

範文華譯

我個子小不到 160 叫我騎這台哈雷這麼大一台，手把又這麼高，感覺懸肘又不順手，實在不習慣，騎起來有點怕怕呢！

台語　奸臣
拼音　kan-sîn

華語　馬屁精（另解）

台語範文

老爸講伊 5 个兄弟中間個老母上惜的就是伊的細漢小弟，因為伊上奸臣，不時會伶老母叮叮噹噹講一寡好聽話，老母自然就疼在心內。

範文華譯

老爸說他五個兄弟中間他老媽最疼的就是他們最小的弟弟，因為他是馬屁精，經常會和老媽嘰嘰喳喳講一些好聽話，老媽自然就疼到心裡！

台語　好離
拼音　hó-lī

華語　痊癒

台語範文

彼工醫生共伊講：你的病已經好離矣，以後每半年轉來追蹤一擺就會使！聽著按呢伊一時目屎忍不住就輾落來，醫生猶是十幾年前的這个，自新店慈濟予伊看閣綴伊來遮到今，若毋是伊，伊毋敢想講伊的「紅斑性狼瘡」會當好甲離！

範文華譯

那天醫生告訴她說她的病已經痊癒，以後每半年定期回診追蹤就好！她忍不住眼淚掉下來，就是這個醫生從慈濟到現在，如果不是他，她無法想像她的紅斑性狼瘡會治得好！

台語　收仙
拼音　siu-sian

華語　死了，命搞丟了

台語範文

阿財的海產店收起來矣，人問伊講你的店生理遐爾好，為啥物你會甘共伊收起來無愛做？伊講我就是因為生理傷好，逐工睏無 3 點鐘才會想欲收，啊若無收，性命早慢會予伊收仙去！

範文華譯

阿財的海產店收起來了，人家問他說你的店生意那麼好，為什麼你會捨得收起來不做，他說我就是生意太好，每天睡不到三小時才會想要收，要不然我的老命早晚會搞丟了！

台語　收埋
拼音　siu-bâi

華語　埋葬

台語範文

古早若有獨身仔死去，抑是拄著人災，拄著族群相刣死人，就有好心的人抑是宮廟出面來收埋，閣起萬善堂予個受香煙。

範文華譯

很早以前如有獨身的人過世，或是遇到瘟疫，或遇到族群械鬥而死的人，就有善心人士或宮廟出來埋葬，然後又蓋「萬善堂」讓他們享受香火。

台語　此去
拼音　tshú-khì

華語　往後

台語範文

你嫁去就是彼爿的人，此去你是人的新婦愛捀人的飯碗，翁仔某互相愛較和咧，有啥物代誌愛佮翁參詳，毋通向老爸母才著。

範文華譯

你嫁過去就是那邊的人，往後你是人家的媳婦要端人家的飯碗，夫妻之間要和好，有事要跟丈夫商量，不要期望父母親才對！

台語	死酸
拼音	sí-sng

華語	有點自閉

台語範文

阿清 --a 自早真活潑，下課攏愛佮囡仔伴四界耍，自從爸母離緣了後，老爸閣失業，三頓都食袂齊勻，伊自按呢變甲足死酸。

範文華譯

阿清本來很活潑，下課的時候都會和同伴四處玩，自從父母離婚以後，老爸又失業，三餐都快吃不飽，他就變得很自閉！

台語	竹部
拼音	tik-phō

華語	竹欉

台語範文

竹部一般是刺竹，刺竹勢發，種一欉免幾年就變一大部，竹部密屃屃，竹椏有刺經經扴扴，種竹部做竹圍閘風兼防賊足好用，以早清國今仔提著台灣設諸羅佮鳳山二縣，縣城就是用竹圍。

範文華譯

竹欉一般是刺竹，刺竹容易長，種一棵不用幾年就變一大欉，竹欉很緊密。竹枝有刺犬牙交錯，種竹欉做竹圍擋風兼防賊很好用，前清剛拿到台灣設諸羅鳳山二縣，縣城就是用竹圍。

台語	竹圍
拼音	tik-uî

華語　用竹叢形成的擋風牆

台語範文

台灣厚風颱，古早人起厝大部份崁草，這種草厝上驚風，拄著大風會規个厝頂予風掀去，所以愛踮厝前後壁種刺竹，足濟刺竹部連起來做竹圍，用竹圍閘風足好用。

範文華譯

台灣多颱風，過去的人蓋房子大多蓋稻草，這種房子最怕風，遇到大風會把整個屋頂掀掉，所以會在屋前屋後種刺竹，連結多個竹欉做竹圍，用竹圍擋風最好！

台語	肉菜
拼音	bah-tshài

華語　皮膚，膚質

台語範文

阿芬天生好肉菜，皮膚幼麵麵，肉白蔥蔥，袂按呢焦焦堅堅，問伊是按怎保養的？伊講哪有，我毋捌咧保養，天生的啦，聽著予人足欣羨！

範文華譯

阿芬天生皮膚好，表皮細嫩，膚色雪白，不會乾乾澀澀，問她是怎麼保養的，她說她沒在保養，是天生的，讓很多人羨慕死！

台語	肉膎
拼音	bah-kê／kuê

華語　台語臘肉的古早稱呼

台語範文

以早咱的豬肉若欲囥久單純用鹽來豉叫鹹豬肉，外省人來了後，咱嘛有學個的臘肉，加摻足濟芳料，有人就共叫做肉膎！

範文華譯

以前我們的豬肉如果要放久單純用鹽來醃，我們叫他鹹豬肉、外省人來了之後，我們也有學他們的臘肉，加了很多香料，那就是臘肉的古稱！

台語	行房
拼音	kiânn-pâng

華語　做愛

台語範文

過去的觀念講一滴精百滴血，意思是講房事傷害身體，勸查埔人較莫做，這馬觀念無仝，認為正常行房予身體自然消敨，對身體健康有幫助，所以健康的人對這毋免特別制限。

範文華譯

過去的觀念說一滴精百滴血，意思是說房事有礙健康，勸男人要少做，現在觀念不同、認為正常行房讓身體自然排解，對身體健康有益，所以健康的人對這不用特別限制。

台語 剖肉
拼音 thâi-bah

華語 拆解車體

台語範文

你上好莫買這型的車，因為伊銷路好，足容易弇偷牽，若牽去就隨送去剖肉場，一隻車拍無去，免幾點鐘就變肉塊仔！

範文華譯

你最好不要買這型車，因為它銷路好，很容易被偷，如果偷了就馬上送到拆解車體場，一部車不見，不用幾個小時就變零件了！

台語 利路
拼音 lī-lōo

華語 收入，財源

台語範文

我今仔結婚的時佇淡水稅厝和厝頭家翁仔某鬥陣了袂穤，最近聽阮某咧講 o-jí-sáng 老矣，厝無咧稅人，囝嘛無去食頭路，按呢攏無利路毋知生活欲怎過？

範文華譯

我剛結婚的時候在淡水租房子和房東夫妻相處不錯，最近聽老婆說房東老了，房子沒在租人，兒子也沒工作，這樣都沒收入不知道生活怎麼過？

台語 含本
拼音 hâm-pún

華語 原本

台語範文

含本身體就刚虛，這站和翁閣惱氣，
氣伊串交齊竹刺，規工毋知走佗死，
厝內無米無番薯，若予氣死無天理。

範文華譯

原本身體就很虛，近和老公在賭氣，
氣他朋友都垃圾，整天不知哪裡去，
家裡無菜又無米，被他氣死沒天理。

台語 听戆
拼音 gín-gōng

華語 昏昏沈沈

台語範文

伊去注第三支的預防射轉來，頭起先攏無啥物感覺，到彼下晡哪會感覺規个人听戆听戆，原來這擺注的是無仝牌子的疫苗，聽講這牌較強，有反應矣！

範文華譯

他去打第三支疫苗回來，剛開始都沒什麼感覺，到那天下午怎麼覺得整個人昏昏沉沉，原來這次打的是不同品牌，聽說這牌比較強，有反應了！

台語	均屬
拼音	kun-siók

華語　結果，橫豎

台語範文

到今後悔有啥效？均屬重罪無地走，
萬般予人想袂透，為何穩鬼烏白交？
薰酒筊婊耍無夠，詐欺販毒紲來鬥，
百年祖業毀了了，公子毋做做賊偷。

範文華譯

現在後悔哪有效？橫豎重罪跑不了，
說來讓人想不透，為何壞蛋胡亂交？
菸酒嫖賭玩不夠，詐欺販毒你全包，
百年祖業全毀了，公子不做做賊撈。

台語	坐涼
拼音	tsē-liâng

華語　乘涼

台語範文

食飽暗逐家攏來稻埕坐涼，看人一雙一對翁某和好有講有笑，阿秀忍不住心頭酸疼，因為伊的翁婿予人叫去海外做兵，到今猶未轉來閣無消無息。

範文華譯

吃過晚飯大家都來曬穀場乘涼，看人家成雙成對夫妻和好有說有笑，阿秀忍不住心頭酸痛，因為她的夫婿被人叫到海外當兵，至今還未回來也無消無息！

台語	尾坐
拼音	bué-tsē

華語	屁股，後塵，車尾燈

台語範文

個兩姊妹自細漢就愛比懸比低，嫁翁嘛愛比啥人的翁較有出脫；這馬食老想起來感覺真好笑，彼工大姊共小妹講：猶是恁翁較勢，事業做遐大，小妹應伊講：伊都頇顢讀冊，啊若品學問，伊綴無姊夫一个尾坐！

範文華譯

她們兩姊妹從小就喜歡比高比低，出嫁以後還要比誰的老公有出息，現在老了感覺很好笑，那天姊姊跟妹妹說：還是你老公能幹，事業做那麼大；妹妹說：他就是書讀不好，要論學問，跟姊夫比起來真是望塵莫及！

台語	夆請
拼音	hông-tshiánn

華語	赴宴

台語範文

問講：阿財你穿遐婧欲佗風騷？
阿財：煞毋知阮彼个外甥仔娶某，我欲來去夆請坐大位啦！
閣問：按呢你了聯無了紅包 honnh ！
阿財：彼聯攏愛鉼銀票閣較食力呢！

範文華譯

問說：阿財你穿這麼帥要去哪裡風騷啊？
阿財：還不就是我那外甥討老婆，我要去赴宴坐大位呢！
又問：這樣子你送喜幛不用送禮對不對！
阿財：喜幛上面都要別鈔票更嚴重呢！

台語　改喙
拼音　kái-tshuì

華語　改口

台語範文

　　伊和查某朋友個兜的人原本攏足熟，包括個老爸老母，個阿伯阿叔攏是同事兼迌迌伴，這馬結婚了，雄雄欲叫伊改喙叫爸爸媽媽阿伯阿叔，一時煞感覺足袂慣勢！

範文華譯

　　他和女朋友一家人原本都很熟，包括他父母親，他伯伯叔叔都是同事和玩伴，現在結婚了一下子要他改口叫爸爸媽媽伯父叔叔，一時間很不習慣！

台語　拂空
拼音　hut-khang

華語　搞鬼

台語範文

　　伊的人心機重，面頭前講甲好鑼好鼓，尻川後攏共你偷拂空，予你攏料袂著，親像彼工伊猶佇你的面頭前講你是伊的再生爸母，話才講煞隨去挖你的柱仔跤，閣早一步去登記參選，欲搶你的議長的寶座！

範文華譯

　　他的人心機重，在你面前說得好聽，背後又偷偷去搞你的鬼，讓你完全料不到，像那天他還在你面前說你是他的再生父母，話才說完就立刻去挖你的樁腳，然後又搶一步去登記參選，要搶你的議長寶座！

台語	見真
拼音	kìnn-tsin

華語	實際上

台語範文

講伊辦婚禮欲踮君悅酒店包場,蜜月欲去 Hawaii,見真時到君悅酒店變君悅排骨餐廳,Hawaii 渡假變做 Hawaii 渡假村,一丈差九尺,有影笑死人!

範文華譯

說他辦婚禮要在君悅酒店包場,蜜月要去夏威夷,實際上是君悅酒店變君悅排骨餐廳,夏威夷渡假變夏威夷渡假村,一丈差九尺,真是笑死人!

台語	事尾
拼音	sū-bué

華語	後遺症

台語範文

彼時公司為著欲搶這筆生理,有用淡薄仔無蓋正當的手段,這个代誌若無處理好,後擺有事尾,會真費氣!

範文華譯

那時公司為了搶這筆生意,有用了一些不很正當的手段,這事如果沒處理好,將來會有後遺症,會很麻煩!

台語　佮掛
拼音　kah-kuà

華語　陪嫁禮

台語範文

張員外千金招親，四方公子少爺相爭來求，員外大方，聽講佮掛田園 5 百甲，洋樓一棟，丈人丈姆一對閣腹肚底囡仔一个。

範文華譯

張員外千金招親，四方公子少爺爭相來求，員外大方。聽說陪嫁田產五百甲，洋樓一棟，岳父岳母一對還有肚子裡小孩一個。

台語　佮膭
拼音　kah-kuī

華語　有孕的新娘

台語範文

董事長的金孫做滿月請逐家食油飯，有人偷問講董的新婦敢毋是半年前才娶的哪會遐好跤手就生矣？原來當初新娘入門是佮膭來的！

範文華譯

董事長的金孫滿月請大家吃滿月酒，有人偷偷問說老董的媳婦不是半年前才娶的為什麼這麼快就生了？原來當初新娘進門就是有孕的了！

台語	刺礚
拼音	tshì-lè

華語	就是愛惹事

台語範文

佇劃紅巡的細條巷仔違規停車，人是入去店內食飯毋是暫停，警察來取締閣恐嚇警察袂使開單，害警察無開去夆處罰，引起社會議論無會失禮閣講欲共告，逐家攏講：這个查某有夠刺礚！

範文華譯

在劃紅線的小巷子違規停車，人是進店裡吃飯不是暫停，警察來取締又恐嚇警察不准開單，害警察沒開單而遭處罰，引起社會議論沒有道歉還揚言提告，大家都說：這個女人就是個愛惹事的傢伙！

台語	往會
拼音	íng-ē／uē

華語	總是會，難免

台語範文

你我攏是食臊食菜食五穀大漢的凡胎肉體，生苦病疼七情六慾隨身，所以，講毋著話做毋著代誌是往會，互相莫傷見怪。

範文華譯

你我都是吃葷吃素吃五穀雜糧長大的凡胎肉體，生苦病痛七情六欲隨身，講錯話做錯事總是難免，彼此就不要太見怪！

台語	快忳
拼音	ǹg-tǹg

華語　彆扭

台語範文

看你生做有一个仔樣相，毋知影你遮歹癖鼻，小可代誌無中你的意，就踮遐激一箍屎面牵看，也無欲聽人講，有夠快忳，你若按呢，我做我去，無欲閣插你矣！

範文華譯

看你長得有點樣子，不知道你脾氣這麼壞，稍有一點不稱你的意，就擺個臭臉給人家看，也不聽人家的話，實在太彆扭，你這樣子，我要走了，不想再理你了！

台語	怯屎
拼音	khiap-sái

華語　小氣

台語範文

媒人來報干焦講對方真好額，查埔仔本身乖巧冊嘛讀蓋懸，老爸母真歡喜就共允人，嫁去才知影大家官攏真怯屎，錢攏毋甘開，食穿嘛攏無好。

範文華譯

媒人來說媒的時候只說對方很有錢，男孩子本身也很乖書也讀得多，父母親高興之下就答應了，嫁過去才知道，公公婆婆都很小氣，錢都捨不得花，日常生活過得並不好！

台語	拆白
拼音	thiah-pe̍h

華語　攤開來講

台語範文

　　伊從開始就反對後生交這个女朋友，毋過後生真堅決，直接共拆白講：你歡喜也好無歡喜也好，阮直接來去登記就好，時到希望會當得著你的祝福。

範文華譯

　　他從一開始就反對兒子交這個女朋友，不過兒子也很堅決，直接跟他攤開來說：你高興也罷不高興也罷，我們直接去登記就好，到時希望能得到你的祝福！

台語	拌獅
拼音	puānn-sai

華語　手舞足蹈

台語範文

　　這個囡仔個性本來就真活潑，最近半年為著會考閉關認真讀冊，逐工面仔攏懊嘟嘟，無看著半屑笑容，這兩工考煞閣感覺考了袂穤，伊又閣會拌獅矣！

範文華譯

　　這小孩本來就很活潑，最近半年為了會考閉關認真讀書，每天都臭了張臉，沒有半點笑容，這兩天考完又覺得考得不錯，他又會手舞足蹈了！

台語　放目
拼音　pàng-bàk

華語　網開一面

台語範文

伊拄派來遮做管區的時足頂真，磕袂著就欲共人開罰單，足顧人怨，了後有老鳥教伊愛看事辦事，有時嘛愛小放目一下，毋通按呢死釘釘袂曉變竅！

範文華譯

他剛派來這裡當管區警員的時候很認真，動不動就要開人家罰單，很討人厭，後來有老鳥警員告訴他，有時候也要看狀況網開一面，不要一成不變！

台語　清標
拼音　tshing-phiau

華語　俊秀，標緻

台語範文

阿標 --a 自細漢就生做緣投古意閣乖巧，庄裡的姆 --à 嬸 --à 看著攏共個阿媽講：恁孫遮緣投，我看著足佮意，我先來號，後擺大漢愛予阮做囝婿，個阿媽講才毋咧，阮孫遮清標，後擺大漢愛娶中國小姐才有四配！

範文華譯

阿標從小就長得俊美老實又乖巧，村裡的阿姨婆婆看到都會跟他阿媽說：你的孫兒長這麼帥我好喜歡、我先來預訂，長大以後要給我們做女婿，他阿媽說才不呢，我孫兒這麼帥，長大以後要娶個中國小姐才配得起！

台語 清靠
拼音 tshing-khò

華語 清閒，逍遙，清心快樂

台語範文

　　伊少年艱苦生活過了真無好，好佳哉食老好命日子真清靠，
較好額不如心清事事免煩惱，無罣礙安心放下四界好迌迌。

範文華譯

　　他小時窮苦生活過得很不好，好在年老後命好日子很逍遙，
再有錢不如心清事事免煩惱，無罣礙安心放下四處樂陶陶。

台語 昏鈍
拼音 hūn-tūn

華語 遲鈍

台語範文

　　講伊無老，伊頭毛喙鬏白，喙齒落了了，規喙齊假齒；啊若講伊
老，其實伊目睭無花，跤手無昏鈍，頭腦猶清楚，講老猶早咧！

範文華譯

　　說他沒老，他滿頭白髮，牙齒掉光，滿嘴假牙；要說他老，其實
他眼睛不花，手腳不鈍，頭腦還清楚，說老還早咧！

台語　武腯
拼音　bú-tún

華語　矮壯

台語範文

　　人講袂偷生咧人的囝，伊生做武腯，165 配 85 公斤，個後生大到國中一年就無閣大，到今高三身懸牢佇 166，體重嘛超過 80，體格參伊一成！

範文華譯

　　人家說沒辦法偷生別人的小孩，他生得矮壯，165 配 85 公斤，他兒子大到國一就沒再長，到現在高三身高停在 166，體重也超過 80，體型和他一模一樣！

台語　知空
拼音　tsai-khang

華語　知情

台語範文

　　興跋筊的揣筊場，興查某的揣貓仔間，外口無掛 khâng#páng，嘛毋免人報，家己鼻味就知空，管區的講伊攏毋知，哪是！是刁工放目的啦！

範文華譯

　　愛賭博的找賭場，好女色的找賣淫的場所，外頭沒有看板，也不用人家指點，自己嗅一嗅就找得到，管區警員說不知，怎麼可能，是故意放一馬的啦！

台語	長條
拼音	tng-liâu

華語	旗袍

台語範文

眾人來到江山樓，酒女即時圍牢牢，
胭脂水粉抹有透，合軀長條上妖嬌，
鶯聲燕語耳邊繞，不由予你喙瀾流。

範文華譯

眾人來到江山樓，酒女美麗又溫柔，
胭脂水粉恰到好，合身旗袍最妖嬌，
鶯聲燕語耳邊繞，不由讓你樂淘淘。

台語	勇跤
拼音	ióng-kha

華語	出色的人

台語範文

講著運動伊項項會是勇跤，
講著讀冊伊無半撇是肉跤，
講著食伊拍死無退的是豬跤，
講著奅婧仔伊足無膽就變無屪脬。

範文華譯

說到運動他樣樣都行是很出色，
說到讀書他狗屁不通是魯蛇，
說到吃有一樣打死不退的是豬腳，
說到把馬子他很膽小是個沒種的傢伙。

台語	屎潑
拼音	sái-phuah

華語　傲慢

台語範文

伊入大學了後規工無閒社團，歸尾予學校共 1 ／ 2，揣教授講無情乖乖去辦退學，拄著彼个職員足屎潑，予伊氣甲半小死！

範文華譯

他進大學之後整天忙搞社團，最終被學校把他 1 ／ 2，找教授說情不成乖乖去辦退學，碰到那個職員很傲慢，把他氣個半死！

台語	後撐
拼音	āu-thènn

華語　子嗣

台語範文

阿媽上煩惱的就是伊這个查某孫，到今咧欲 40 歲矣猶無嫁，定定共講：你這馬毋嫁，後擺食老無翁通倚，也無一个後撐通靠，是欲啥步！

範文華譯

阿媽最放心不下的就是她這個孫女，到現在快 40 歲了還沒有嫁，常常跟他講：你現在不嫁，將來老了既沒有老公可靠，也沒有子孫養你，要怎麼辦！

台語	恍惚
拼音	hóng-hut

華語　忽略

台語範文

囡仔關佇房間仔底毋出來足久矣，我知影伊咧受氣我，因為最近伊有佮我喃起講去學校羊欺負的代誌，我無閒煞共恍惚去，無好好 --a 共處理！

範文華譯

孩子把自己關在房裡不出來已經很久了，我知道他在跟我生氣，因為最近他有跟我稍微吐露一下說他去學校彼欺負的事，我太忙把他忽略掉了，沒幫他好好處理！

台語	某奴
拼音	bóo-lôo

華語　對老婆唯命是從的人

台語範文

後生做囡仔的時不時共老母講：我後擺大漢欲恁你去遊世界，蹛上好的飯店，這馬真正大漢做某奴，咱免數想矣啦！

範文華譯

兒子小時候經常跟老媽講：我長大以後要帶你去遊世界，住最好的飯店，現在真的長大了對老婆唯命是從，我是沒指望了！

台語	歪喙
拼音	uai-tshuì

華語　亂講話講到嘴歪（另解）

台語範文

翁問某：彼工恁同窗會聽講你和阿原坐仝桌，兩个人頭透尾攏講甲歡喜甲，了後有互相留電話無？某應伊講：你嘛咧歪喙，阮同窗的坐仝桌有啥物好講的！

範文華譯

老公問老婆：那天你們同學會聽說你和阿原坐同一桌，兩個人從頭到有說有笑，過後有沒有互留電話？老婆回說：你在胡說，我們是同學，坐在一起有什麼好說嘴的！

台語	歪腰
拼音	uai-io

華語　累壞了

台語範文

為著欲娶新婦請人客，伊進前就無閒幾若個月矣，到現日彼工伊天未光就起來一直舞一直舞，舞甲半暝仔才睏，忝甲強欲歪腰去！

範文華譯

為了要娶媳婦請客，她之前好幾個月就開始忙了，到了當天她天沒亮就起來一直忙一直忙，忙到半夜才睡，簡直把她累壞了！

台語	約束
拼音	iok-sok

華語	海誓山盟

台語範文

想起彼當時，你咱有約束，我無嫁你無娶，你講無論海水會焦石頭會爛，你永遠愛我，誰知今仔日代誌變按呢，我恨你！

範文華譯

想起那時，你我的山盟海誓，我不嫁你不娶，你對我說不論海枯石爛你會永遠愛我，誰知今天事情變得這樣，我恨你！

台語	降筋
拼音	kàng-kun

華語	小孩哭得聲嘶力竭

台語範文

阿興自細漢就愛哭，逐擺若哭著愛大人共騙足久才欲恬，彼工伊睏畫精神又閣哭袂煞哭甲降筋，個母 --à 講：愛哭做你哭，我無彼號美國時間佮你。

範文華譯

阿興從小就愛哭，每次一哭就要大人哄很久才肯停，那天他午睡醒來又哭不停哭到聲嘶力竭，他老媽說：要哭你就哭吧，我沒有多餘的時間陪你！

台語　食教
拼音　tsiah-kàu

華語　信上帝拜耶穌

台語範文

阿蘭個翁愛跋筊，跋甲傾家蕩產嘛袂改，彼工阿蘭氣著 --à，共神主牌仔攏提柴刀破破掉，順紲提去擲咧溪仔放水流，閣講祖先仔無保庇，毋免拜，規氣來食教較著！

範文華譯

阿蘭的老公好賭，賭得傾家蕩產也改不了，那天阿蘭氣了，把神主牌拿柴刀劈掉，順便拿去丟到溪裡放水流，還說祖先沒保佑不用拜，改信上帝耶穌好了！

台語　香香
拼音　hiunn-hiunn

華語　單薄瘦弱

台語範文

阿媽上操煩的就是這个金孫，出世無足月，自細漢就歹喙斗，較飼就袂起身，補嘛無效，到今一直香香 --a，瘦身瘦身無生肉！

範文華譯

阿媽最操心的就是這個金孫，出生時未足月，從小就挑食，怎麼養都養不胖，補也無效，到現在一直單薄瘦弱，瘦巴巴的不長肉！

台語	倒房
拼音	tó-pâng

華語	絕嗣

台語範文

板橋林家第 6 代族長林熊徵正房夫人無生，緊閣娶一个日本仔女子為二夫人，生一个後生林明成傳承家業，才免予伊這房倒房，這位林明成就是華南金控的掌門。

範文華譯

板橋林家第 6 代族長林熊徵正房夫人未生，趕緊又娶一日本女子為二夫人，生了一個兒子林朋成傳承家業，才免得他們這一房絕嗣，這位林明成就是華南金控的當家！

台語	倒陽
拼音	tó-iông

華語	陽萎

台語範文

以早的查埔人，因為營養不良操勞過多，醫療環境不足，致使中年過早早倒陽真普遍，這馬環境無仝，七十歲一尾活龍猶真濟，八十歲照常行房無稀罕！

範文華譯

以前的男人，因為營養不良操勞過多，醫療環境不足，以致中年過後早早就陽萎很普遍，現在環境不同，70 歲還是生龍活虎的很多，80 歲照樣行房不稀奇！

台語 原仔
拼音 uân-á

華語 依然

台語範文

經過 30 年後伊原仔遐爾迷人，雖然有緣無份，兩个人感情原仔無變，毋過命運的創治無法度改變，只有是覺悟講恨命莫怨天！

範文華譯

經過了 30 年歲月她依然那麼迷人，雖然有緣卻是無份，兩個人感情依然沒變，不過命運的捉弄卻改變不了，只能說恨命莫怨天了！

台語 害仔
拼音 hāi-á

華語 沒用的傢伙

台語範文

伊走來揣老大的講欲綴老大的走傱，結果老大的叫伊去傳話伊攏傳毋著，叫伊去接接人客伊共人得失了了，叫伊去相拍伊閣毋敢，老大的講這箍害仔轉去食家己好啦！

範文華譯

他跑來找老大說要追隨他行走江湖，結果叫他傳話他都傳錯，叫他接待客人他都把人得罪，叫他去打架他又不敢，老大說：這個沒用的傢伙叫他回去吃自己好了！

台語	捌寶
拼音	bat／pat-pó

華語	識貨

台語範文

後生送我一盒鷄蛋，閣問我欲閣愛無，我應伊講毋免，落尾我食了有影好食閣揣伊討，阮某笑我講我毋捌寶才會講毋免，過了才咧反悔！

範文華譯

兒子送我一盒雞蛋，又問我還要不要，我回他說不要，後來我吃了感覺真的好吃又跟他要，老婆笑我不識貨，才會先說不要才又來反悔！

台語	料小
拼音	liāu-siáu

華語	單薄瘦小（另解）

台語範文

伊自細漢因為生做料小受著真濟的委屈，甚至予人叫做《小巨人》，毋過伊人細志氣大，比人較拍拚，所以比人較出擢。

範文華譯

他從小就因為生得瘦小而受到很多委屈，甚至被人叫做「小巨人」，不過他人小志氣高，比別人努力，所以比別人傑出！

台語	柴工
拼音	tshâ-kang

華語　身材高大而缺乏曲線的女性

台語範文

　　細漢聽老母講，對面厝王仔圳的大新婦生做柴工柴工，彼工看電影看著英國首相《邱吉爾》的某嘛是生做按呢，這種的查某是體型較男性化，毋過個性好像無啥物關係。

範文華譯

　　小時候聽我母親講，對面王阿圳的大媳婦身材沒線條有點男性化，那天我看電影那個邱吉爾的夫人也是如此，這種女性是體型如此，好像跟個性似乎並沒什麼關係！

台語	浮浮
拼音	phû-phû

華語　走路虛弱無力

台語範文

　　阿成開刀出院佇厝裡靜養，彼工朋友來看伊，共講你氣色看起來袂穤喔，阿成講：無啦，你看袂準，我家己知，身體猶虛，行路猶感覺會浮浮！

範文華譯

　　阿成開刀出院在家裡靜養，那天朋友來看他，跟他說你氣色不錯啊，阿成說：沒有啦，我自己清楚，身體還虛，走路還有氣無力！

台語	消毒
拼音	siau-to̍k

華語　打槍（另解）

台語範文

阿銘個頭家平常對員工就無親切，彼工為著小可代誌共阿銘大細聲，阿銘起毛穗欲辭頭路，頭家緊來共會失禮，阿銘當場現共消毒。

範文華譯

阿銘的老闆平常對員工就不親切，那天為了一點小事對阿銘大小聲，阿銘不爽要辭工作，老闆趕忙來道歉，阿銘當場對他打槍！

台語	漠漠
拼音	mo̍oh-mo̍oh

華語　不起眼，微不足道，無足輕重

台語範文

你毋通看伊一个生做漠漠，毋捌穿嬌閣駛甲一台漚古車，有夠無範，毋過你絕對想袂到，人伊是股票上市的大頭家，毋但有錢娶 3 个某攏蹛做伙，閣有才調處理甲袂冤家，有影無簡單！

範文華譯

你不要看他長得不起眼，衣著從不講究又開那麼一部爛車，沒一點氣派，不過你絕對想不到，人家他是股票上市的大老闆，不但有錢娶三個老婆都住在一起，還能夠處理得不吵架，真的不簡單！

台語	病尾
拼音	pēnn-bué

華語 後遺症

台語範文

SARS 發生的時，伊不幸予人關佇和平病院，院內相穢閃袂過，病拖幾若個月才勉強算好，毋過可怕的病尾纓纏伊一世人。

範文華譯

SARS 發生的時候，他不幸被人關在和平醫院，院內感染躲不掉，病拖了好幾個月才勉強算好，可是可怕的後遺症糾纏了他一輩子！

台語	破喙
拼音	phuà-tshuì

華語 一句話壞了人家的好事

台語範文

阿麗後生講欲炁查某朋友來見老母，老母喙應好，過跤身就緊去探聽對方的底蒂，遐拄好去問著一个朋友共破喙講對方是政治犯家庭，代誌就按呢破局！

範文華譯

阿麗她兒子說要帶女朋友來看媽媽，媽媽嘴巴說好，一轉身就趕快去打聽她的底細，剛好去問到一個朋友說出對方是一個政治犯的家庭，事情就這樣破了局！

台語	臭黃
拼音	tshàu-ng

華語	枯萎變黃

台語範文

我去菜市仔買菜，不時看著青菜真婧一把才 20，顧擔的閣喝講 3 把 50 就好，我不時會無張無持就共買起來，結果逐擺攏嘛食袂去，囥甲臭黃去！

範文華譯

我去菜市場買菜，經常看到很漂亮的青菜一把才 20，擺攤的又喊說 3 把 50 就好，我老是不加思索就把它買下來，結果每次都吃不了，放到枯萎變黃！

台語	臭撚
拼音	tshàu-lián

華語	理會

台語範文

當初伊事業做了袂穩，了後綴人過去中國，去了後嘛有綴人囂俳一站，錢有趁，毋過家庭失照顧，這幾年伊的工廠予二房的規盤佔去，伊夆趕轉來台灣，俍某囝煞無人欲臭撚伊！

範文華譯

當初他事業做得不錯，之後跟人家過去中國，去之後也曾經得意過一陣子，錢是賺了，但家庭沒有照顧到，這幾年他的工廠被二奶全盤佔去，他被趕回台灣，他的妻兒卻沒有人願意理會他！

台語 臭衝
拼音 tshàu-tshìng

華語 臭屁

台語範文

伊愛展伊少年有偌衝，14 歲就綴大 --ē 身軀邊走傱，16 歲交媠仔 17 歲做老爸，18 歲夆掠去關，籠仔飯食 10 幾冬，某走去，放一个囝予阿媽𤆬，阿媽講做彼臭衝囡仔無較縒！

範文華譯

他愛現年輕的時候有多屌，14 歲就跟在老大身邊混，16 歲交女朋友，17 歲做父親，18 歲被抓去關了 10 幾年，老婆跑了，留一個小孩給阿媽帶，阿媽說做那個臭屁小孩沒有用！

台語 臭濁
拼音 tshàu-tsók

華語 老套沒新意

台語範文

伊對入閣到下台前後半年，連鞭部長，連鞭副院長，連鞭院長；頂回選總統伊嘛數想，正的無份，副的嘛好，選無牢，這馬選市長閣叫伊，伊嘛好，敢袂傷臭濁？

範文華譯

他從入閣到下台前後半年，一下子部長，一下子副院長，一下子院長；上回選總統他也想，正的沒份，副的也好，沒選上，這回選市長找他，他也答應，不覺得太老套沒新意？！

台語	草芒／粟芒
拼音	tsháu-hiūnn／tshik-hiūnn

華語	稻桿與稻穀上的針芒

台語範文

人咧曝粟毋通倚，草芒粟芒足塊埃，
塊著身軀勢刺疫，予你癢甲叫阿娘。

範文華譯

人家曬穀莫靠近，草芒穀芒害過敏，
芒尖挨身渾身癢，癢得讓你叫阿娘。

台語	草菜
拼音	tsháu-tshài

華語	蔬菜

台語範文

這擺風颱，雨攏落咧雲林以南的所在，台北人食的草菜攏是對遐
供應的，雨落遐久菜爛了了，台北遮的菜我看這聲無起價嘛袂煞 --è
矣啦！

範文華譯

這次颱風，雨都下在雲林以南的地方，台北人吃的蔬菜都是從那
裡供應的，雨下那麼久菜都爛光了，台北這裡的菜這下子不漲價也不
行了！

台語 起山
拼音 khí-suann

華語 登陸，上岸

台語範文

日本起山戴紅帽，
肩頭揹銃手攑刀，
手提龍仔銀欲問嫂，
mi-mi-mooh-mooh 嫂聽無。

範文華譯

日本兵登陸戴紅帽，
肩膀揹槍手持刀，
手拿龍銀要問嫂，
伊伊哇哇嫂聽無。

台語 起身
拼音 khí-sin

華語 發育良好

台語範文

飼囝驚飼袂起身，逐工叫伊食補品，
偏偏個囝無咧信，寧可相信啉牛奶，
牛奶營養上蓋真，捷啉補身閣較緊。

範文華譯

養兒就怕發育差，每天叫他喝補品，
偏偏兒子就不信，寧可牛奶喝不停，
牛奶其實最營養，多喝牛奶勝神仙。

| 台語 | 配鹹 |
| 拼音 | phuè-kiâm |

華語 　佐飯

台語範文

以前的人食飯配菜，這馬的人食菜配飯，其實閣較早是食泔糜仔配鹹，人講配鹹配鹹，無魚無肉菜脯根仔罔咬鹹，猶閣有豆豉，鹹菜，豆醬仔，鹹匏仔，嘛是四常！

範文華譯

以前的人吃飯配菜，現在的人吃菜配飯，其實更早的人是喝稀飯配鹹味，人說配鹹配鹹，蘿蔔乾隨便配配，還有豆豉，酸菜，豆醬，鹹胡瓜，都是尋常！

| 台語 | 釘古 |
| 拼音 | tìng-kóo |

華語 　給難看

台語範文

阿中去選市長，部長交予次長，指揮官交予王某人，新部長佇交接典禮的時當場講欲共逐家介紹伊唯一的夫人，拆明是共王釘古，予逐家感覺誠意外，想袂到伊哪會按呢做！

範文華譯

阿中去選市長，部長交給次長，指揮官交給王某人，新部長在交接典禮的時候當場說要跟大家介紹他唯一的夫人，擺明是要給王難看，讓大家覺得很意外，不曉得他為什麼會這樣子做！

台語　釘行
拼音　tìng-hīng

華語　彆扭，執拗

台語範文

伊的人足釘行，袂㧣講袂㧣參詳，磕袂著就漚一個面㧣看，彼工伊的囡仔佮俉大兄的囡仔為著佇菝仔園挽菝仔冤家，伊竟然起性地共規園的菝仔欉攏鋸了了，有夠過份！

範文華譯

他的人很彆扭，說也說不得講也講不得，動不動就擺個臭臉給人家看，那天他的小孩和哥哥的小孩為了芭樂園採芭樂吵架，他竟然一氣之下把整園芭樂樹鋸光光，有夠過份！

台語　釘毒
拼音　tìng-to̍k

華語　尖刻又惡毒

台語範文

伊原來佇總公司上班，最近提早退休咧賣咖啡，因為伊的部門最近改予董娘個外家厝的親信督導，伊聽彼个人講話真釘毒，知影伊的人無正派，予伊管無妥當，決定緊走較實！

範文華譯

他原來在總公司上班，最近提早退休在賣咖啡，因為他的部門最近改歸董娘娘家的親信督導，他聽那個人講話尖刻又惡毒，知道他的人不正派，歸他管不妥，還是走為上策！

台語	骨塊
拼音	kut-tè

華語	體態

台語範文

　　為著欲娶新婦，伊去做一軀新西裝，試了試改了改，抾轉來猶是感覺無滿意，個某佇邊仔共伊落氣講：毋免嫌啦，是你家己骨塊穤！

範文華譯

　　為了娶媳婦，他去做了一套新西裝，試了又試改了又改，拿回來還是覺得不滿意，老婆在旁邊就糗他：不要嫌啦，是你自己體態不好啦！

台語	假博
拼音	ké-phok

華語	裝做博學多聞的樣子

台語範文

　　伊足愛無博假博，明明對醫療營養無啥物專業，偏偏一日甲暗愛教人按怎養身體，結果家己的身體顧甲離離落落。

範文華譯

　　他最喜歡裝做博學的樣子，明明對醫療營養沒有什麼專業，偏偏一天到晚喜歡教人家養生，結果自己身體反而顧得亂七八糟！

台語　圇痀
拼音　lun-ku

華語　縮著脖子

台語範文

叫你衫加穿一領，你講毋免，叫你頷頸仔提領巾圍起來，你講袂癮，叫是你偌勇，結果你按呢一个圇痀圇痀，敢有較飄撇？

範文華譯

叫你多加一件衣服，你說不用，叫你脖子拿一條圍巾圍起來，你說不想，以為你很神勇，結果你這樣子縮著脖子走路，有比較瀟灑嗎？

台語　帶破
拼音　tài-phuà

華語　帶有缺陷

台語範文

人無十全，逐家攏有可能帶破，有人身體有故障，有人帶酒悾，有人著筊癌，有人興粉味，有人厚性地，嘛有人為錢死。

範文華譯

人沒有十全十美的，大家都有可能有缺陷，有人身體有障礙，有人有酒癮，有人有賭癮，有人好女色，有人壞脾氣，也有人為錢死。

台語　悾叟
拼音　khong-só

華語　傻蛋

台語範文

人人講伊是悾叟，做人爽快袂囉嗦，
甘願食虧戀戀做，這種好人世間無。

範文華譯

人人說他是傻蛋，對人爽快不刁難，
情願吃虧自己苦，這種好人世間無。

台語　捽猴
拼音　sut-kâu

華語　眼睜睜的

台語範文

伊去參加婚友社的配對會，佇現場看著伊佮意的小姐攏去選別人，就按呢目睭捽猴捽猴看著別人一對一對配對成功焐咧走，害伊轉去厝裡攬棉被哭三工哭袂煞！

範文華譯

他去參加婚友社的配對會，在現場看到他喜歡的小姐都去選別人，就這樣眼睜睜的看著別人一對一對配對成功帶走，害他回家抱著棉被哭了三天哭不完！

台語　排步
拼音　pâi-pōo

華語　策劃安排

台語範文

伊規世人佇地方食頭路，對公所農會衛生所一直到代表會，所有的機關食透透，對地方派系運作足熟行，落尾地方各派系頭人攏死了，伊變地方的先覺，各種選舉攏伊咧排步！

範文華譯

他一輩子在地方服務，從鄉公所農會衛生所一直到代表會，所有機關跑透透，對地方派系運作很熟，後來各地方派系頭頭都走了，他成了地方要角，各種地方選舉都由他來策劃安排！

台語　掛吊
拼音　kuà-tiàu

華語　牽腸掛肚

台語範文

當初你講無計較，講欲愛阮愛甲老，
不該看你傷緣投，到今夜夜為你吼。
甜言蜜語你上勢，害阮心肝入虎口，
為你掛吊若有效，毋免較慘著賊偷。

範文華譯

當初你說不計較，說要愛我愛到老，
不該看你長太好，落得夜夜哭哀嚎。
甜言蜜語你最罩，害我心裡很煎熬，
牽腸掛肚若有效，不用為情悔又惱。

台語　嚓猴
拼音　tshiak-kâu

華語　活潑，調皮，過動，不穩重

台語範文

伊自本各項條件攏袂穤，毋管是人範工課抑是喙花攏真出色，就是較嚓猴閣厚話，董事長欲牽成伊升官去予董娘共反對煞升無成，因為幾若擺公司辦活動伊傷活潑予董娘感覺伊無大段無穩重無大才，對伊印象足無好！

範文華語

他本來各項條件都不錯，不管是長相工作或口才都很出色，就是過於活潑話又多，董事長要提拔他升官被董娘反對而沒升成，因為幾次公司辦活動他表現太活潑讓董娘覺得他不穩重不成大才，對他印象很不好！

台語　現日
拼音　hiān-jit

華語　當天

台語範文

海產店的頭家講個店的海產攏是現日去魚市仔揀的，攏是現流仔，逐項攏足鮮，人客應講我身軀邊的媠妹仔嘛是現日交的，比你的魚閣較鮮！

範文華譯

海產店的老闆說他店裡的海產都是他當天去市場挑的，都是現撈的魚貨，樣樣都新鮮，客人回說我身邊的馬子也是當天把的，比你的魚還鮮！

台語　窒脶
拼音　that-lâ

華語　多到反胃

台語範文

查某囝共老母講：mâ ～，你毋通逐工便當攏共我紮彼號大支雞腿閣佮滷卵，我食甲有影足 siān，老母應伊講你敢是食甲窒脶，有通食閣咧嫌，阮較早若有菜脯卵就足歡喜矣！

範文華譯

女兒跟老媽說：媽，你不要每天便當都幫我帶那個大雞腿又加滷蛋，我吃都吃膩了，老媽回她說：你是吃到反胃了嗎？有得吃還嫌，我們以前要有個菜脯蛋就高興死了！

台語　笨戕
拼音　pūn-tshiâng

華語　笨重遲鈍

台語範文

台灣現此時的主力戰車是 M60，速度佇公路上緊是 48 公里小時，佇野外才 19 公里小時，真笨戕無好用，將來改用 M1A1 公路會當走 72 公里，野外走 48 公里，加真扭掠。

範文華譯

台灣現有的主力戰車是 M60，速度在公路上最快是 48 公里小時，在野外才 19 公里小時，很笨拙不好用，將來改用 M1A1 公路可以跑 72 公里，野外跑 48 公里，敏捷得多。

台語　莽夫
拼音　bóng-hu

華語　莽撞的人

台語範文

老頭家今年 80 外矣，後生佇公司嘛 30 外冬矣，為什麼猶毋交班，老頭家講個囝的個性就是一个莽夫，欲叫伊按怎會放心仔交？

範文華譯

老東家今年 80 多了，兒子在公司也 30 多年了，為什麼還不肯交班，老東家說他兒子就是個個性莽撞的人，叫他怎麼放心交出去！

台語　處治
拼音　tshú-tī

華語　凌虐

台語範文

阿娟庄跤人，古意好女德，嫁來市內，不幸拄著大家仔真歹跤，阿娟入門就予伊當做使用人差教，翁婿閣軟汫，袂當予伊倚靠，阿娟予伊的歹跤大家處治甲伊死才出頭天！

範文華譯

阿娟是鄉下人，老實守規矩，嫁來都市，不幸遇到婆婆很強勢，阿娟進門就被她當下人使用，老公又軟弱，沒能做她的依靠，阿娟被她婆婆凌虐到她死了才出頭天！

台語	術仔
拼音	sut-á

華語　騙徒，小孬孬

台語範文

　　伊平常上愛強調公平正義，講伊做人偌有正義感，看著強欺弱的代誌絕對無辦法容允，彼工同事予主管欺負，拜託伊替伊做證，伊煞拍死都毋肯，和伊平常所講的完全無全，根本是術仔嘛！

範文華譯

　　他平常最強調公平正義，說他多有正義感，看到強欺弱的事情絕對沒辦法容忍，那天同事被主管欺負，拜託他為他做證，他打死不肯，和他平常所講的完全不一樣，根本是騙子兼小孬孬嘛！

台語	新嫣
拼音	sin-ian

華語　煥然一新

台語範文

　　阿財娶新婦，共個某討講欲做一軀新西裝，是用手工做的十幾萬彼種，個某講你西裝遐濟閣領領新，為啥物一定愛閣做新的？阿財講彼工我是主婚人當然愛穿一軀新的，求一个新嫣，毋才有辦喜事的氣氛！

範文華譯

　　阿財娶媳婦，跟老婆提起要做一套新西裝，是用手工做的十幾萬的那種，老婆說你西裝那麼多而且都很新，幹嘛還要做新的，阿財說那天我是主婚人當然要穿新的，求個煥然一新，才會有辦喜事的氣氛！

台語 軟略
拼音 nńg-lióh

華語 柔軟

台語範文

講著後生阿麗真正袂放心，伊講個後生做人死釘釘袂變竅，小面神，無喙花，佮人接接態度袂軟略，出社會驚 --e 趁無食，猶是較認真仔讀冊去考一个公家的頭路較妥當！

範文華譯

說到兒子阿麗真的不放心，他說他兒子做人死死板板，臉皮薄，口才不好，跟人家打交道態度不柔軟，出社會恐怕混不到飯吃，還是認真讀書考個公務員比較可靠！

台語 透老
拼音 thàu-lāu

華語 白頭偕老

台語範文

這馬的人結婚為啥物愈來愈簡單？因為結婚了會當透老的人愈來愈少，簡單辦辦咧較省事，較免有一工若離掉閣重娶，會夆笑講你閣來討紅包矣！

範文華譯

現在的人為什麼結婚越來越簡單？因為結婚以後能夠白頭偕老的越來越少，簡單辦一辦比較省事，免得有一天離了又娶，會被笑說你又來要紅包了！

台語　通往
拼音　thong-óng

華語　私通

台語範文

雖然老母一直反對，毋過伊和阿榮猶是一直有通往，彼工伊共老母講個兩个已經去登記結婚矣，因為伊腹肚已經 5 個月矣。

範文華譯

雖然老媽一直反對，不過她和阿榮還是一直有來往，那天她跟老媽講說他們倆已經去登記結婚了，因為她的肚子已經 5 個月了。

台語　頂厝／下厝
拼音　tíng-tshù／ē-tshù

華語　地勢較高／低或上下游的鄰居

台語範文

阿榮和頂厝阿麗佮下厝阿惠攏是同窗，自細漢鬥陣到今，互相攏有真深的感情，這馬阿麗佮阿惠兩个攏去愛著阿榮，阿榮嘛兩个攏愛，代誌掰袂離，真正有夠僥倖！

範文華譯

阿榮和上家鄰居阿麗還有下家鄰居阿惠都是同學，從小在一起到現在，互相之間都有很深的感情，現在阿麗和阿惠都愛上阿榮，阿榮也兩個都愛，事情理不清，實在很悲慘！

台語	喇絡
拼音	la-le

華語　哈啦，自說自話自吹自嗨

台語範文

人若去𨑨哪會攏無愛招伊，因為伊的人愛喇絡，便若予伊綴，翻轉工伊就踮辦公室隨項仔共提出來展，不該講的嘛講講出來。

範文華譯

大家去玩都不喜歡找他，因為他喜歡哈啦，每次如果讓他跟，第二天他就會在辦公室一五一十的說出來，不該講的也講了！

台語	摼相
拼音	khiàn-siùnn

華語　小氣，貪小便宜

台語範文

市長任期賰無 20 工，連紲安排兩擺出國考察的行程，分明是欲開公家的錢，借考察的名義出國迌迌，幾仙錢仔出國的錢，你都毋甘開家己，想空想縫就是欲揩公家的油，真正是摼相摼觸，笑破人的內褲！

範文華譯

市長任期剩下不到 20 天，連續安排兩次出國考察的行程，分明是打算用公家的錢，借考察的名義出國遊覽，區區幾塊錢出國費用，你都捨不得自己出資，想方設法就是要揩公家的油，真正是貪小便宜，笑破人家內褲！

台語 喙鵤
拼音 tshuì-tshio

華語 嘴賤

台語範文

囝兒夆拍問阿娘，阿娘啼哭怨歹命，
怨你喙鵤討皮疼，怨你無乖無得定，
你是出世歹命囝，不比別人鳥狗兒。

範文華譯

孩兒挨打問娘親，娘親不捨怨苦命，
怨你嘴賤大不幸，怨你不乖換無情，
你是天生苦命兒，苦命何敢求公平。

台語 揀選
拼音 kíng-suán

華語 挑剔

台語範文

你這个少年人有影足勢揀選，阿芬個兜有錢你嫌伊無婧，阿惠
有婧你嫌伊冊讀少，阿嬌學歷懸你嫌伊無熱情，阿麗足熱情你嫌伊
三八三八，到底你欲揀啥物款才會合你的意？

範文華譯

你這年輕人真的很挑剔，阿芬家有錢你嫌她不夠漂亮，阿惠漂亮
你嫌她書讀得少，阿嬌學歷高你說她不夠熱情，阿麗很熱情你又嫌她
三八，到底你要挑什麼樣子的才合你的意？

台語	換肚
拼音	uānn-tōo

華語	換口味

台語範文

細漢看阿媽真勢款待人客，人客若來阮兜食飯，伊就徛佇桌仔邊一直共人客夾菜，喙閣那講：歹勢，無啥通款待，恁佇厝三頓攏魚魚肉肉，今日來阮兜換肚換肚！

範文華譯

小時候看阿媽很會招待客人，客人來我們家吃飯，她就站在桌邊不停幫客人挾菜，嘴還邊講：不好意思，沒什麼招待，你們在家三餐大魚大肉，今天來我們家就換換口味！

台語	揞扁
拼音	ám-pínn

華語	大餅臉

台語範文

人講查某囡仔人欲媠愛生做雞卵面，無人愛生彼號揞扁仔面；偏偏咱台灣人的面是揞扁的較濟，蔡總統就是；莫怪人講揞扁仔面的人較有福氣，敢若有影喔！

範文華譯

人家說女孩子要漂亮要生做鵝蛋臉，沒有人要生那個大餅臉，偏偏我們台灣人的臉是大餅臉的比較多，蔡總統就是，難怪人家說大餅臉的人比較有福氣，好像是喔！

台語	譬體
拼音	phì-thé ／ thué

華語 挖苦，諷刺

台語範文

伊今仔做總統的時，逐家攏看伊無著，共伊譬體甲無一塊好，講伊是搬戲仔出身，閣是搬彼種笑詼劇的小角色，根本是一个草丑仔爾；哪知俄羅入侵，伊領導全國軍民勇敢對抗，才知影伊是一个偉大的領袖！

範文華譯

他剛就任總統時，大家都不看好他，處處嘲笑譏諷，說他是演員出身，還是演喜劇的小角色，簡直是個丑角。豈料俄羅斯入侵，他率領全國軍民奮勇抵抗，才明白他是一位偉大的領袖！

台語	敢死
拼音	kánn-sí

華語 厚臉皮（另解）

台語範文

社會走傱靠家己，若欲出頭愛敢死，
機會把握免客氣，驚驚你就袂赴市。

範文華譯

社會奔走靠自己，想出頭要厚臉皮，
機會把握免客氣，膽小你就沒藥醫。

台語	散本
拼音	sàn-pún

華語	出手闊綽

台語範文

別人供養師父一个紅包三五千,伊出手五萬起跳,予大師父的閣不止,道場大細七个師父,一擺出手愛幾十萬,實在足散本。

範文華譯

別人供養師父一個紅包三五千元,她是五萬起跳,給大師父的還不止,道場裡頭大小有七個師父,一次出手要幾十萬,實在太闊綽!

台語	散股
拼音	suànn-kóo

華語	散伙

台語範文

個老爸是地方派系的首領,議長縣長鬥倚來做過 10 幾冬,毋過 10 幾冬前因為中風退出政壇,個老母佮個阿伯阿叔攏無人欲接,最近個大兄想欲出來選,才發見原來老爸的班底已經攏散股去矣!

範文華譯

他老爸是地方派系的首腦,議長縣長加起來做過 10 幾年,不過 10 幾年前因為中風而退出政壇,他母親和伯伯叔叔都沒有人願意接班,最近他大哥想出來選,才發現他老爸的班底都已經散伙了!

台語 欺穤
拼音 khi-bái

華語 欺負

台語範文

阿玉個老爸生理失敗咧走路,老母去工地做粗工,伊無錢佇班上無啥物朋友,彼工彼个大姊頭仔看伊恬恬 --ā 叫是伊真軟,想欲來共欺穤,伊掠狂起來雄雄對伊跤頭趺躘一下予伊疼甲叫毋敢!

範文華譯

阿玉她老爸生意失敗在跑路,老媽到工地做粗工,她沒錢在班上沒什麼朋友,那天那個大姊大看她默默不作聲以為她很軟,想要來欺負她,她一抓狂突然朝她的膝蓋踹了一腳讓她痛得叫不敢!

台語 無說
拼音 bô-sueh

華語 何況

台語範文

伊共伊進前的男朋友講:多謝你的關心,其實咱已經分開遐久矣,我這馬的代誌攏和你無底代,無說講咱各人有各人的家庭,你按呢做敢袂傷過份?

範文華譯

她跟她的前男友說:謝謝你的關心,其實我們已經分開這麼久了,我現在的事情和你完全無關,何況我們各人有各人的家庭,你這樣做不會太過份嗎?

台語	猴繃
拼音	kâu-penn

華語　不講情面難搞的人

台語範文

二姆 --à 的人有一个個性，伊便若來阮兜就大拖細拖拖一堆物件來，這馬若欲轉，阿母款兩項 --á 欲予伊提轉，伊死都毋肯，阿母就罵伊講：你這个人有夠猴繃，按呢後擺阮兜無愛予你來！

範文華譯

二伯母的人有個個性，每次來我們家就大堆小堆的帶一堆東西來，要回去的時候，媽媽準備點東西要讓她帶回去，她死都不肯，媽媽就罵她：你這個人太難搞，我們家以後不讓你來！

台語	登戴
拼音	ting-tài

華語　祖先庇蔭的財產或權利

台語範文

咱每一个人攏無法度選擇家己的祖先，出世佇富戶家，免拍拚錢就用袂焦，出世做散赤囝，比人愛加十倍的拍拚，是講祖公仔的登戴嘛無絕對是好空，蔣經國得著特權嘛得著糖尿病！

範文華譯

我們每個人都無法選擇自己的祖先，出生在富有的人家，不用打拚錢就花不完，出生在窮人家，要比別人多十倍的打拚，話說祖先的庇蔭也不全然是好處，蔣經國得到特權也得到糖尿病！

台語　笑掣
拼音　tsháinn-tshuah

華語　使性子

台語範文

阮庄出勢人，勢人真出名。
阿環相嚷品大聲，阿桃曝菜規大埕，
阿綢唸歌毋知煞，下厝鹽嫂勢笑掣！

範文華譯

我鄉出能人，能人很出名。
阿環吵架最大聲，阿桃菜乾整稻埕，
阿綢唱歌唱不停，下莊鹽嫂愛使性！

台語　舒跤
拼音　soo-kha

華語　悠閒舒適

台語範文

個兜踮庄跤厝裡有茶園，家己種菜嘛有飼豬飼雞仔鴨，遮的工課攏個老母咧做，個老爸去公所食頭路，逐工穿婿婿去上班，安心做一个舒跤舒跤的山頂紳士！

範文華譯

他家住鄉下家裡有茶園，自己種菜也有養豬養雞鴨，這些工作都是他母親在做，他父親在公所上班，每天穿得整整齊齊去上班，安心做一個悠閒舒適的鄉下紳士！

台語	著吊
拼音	tioh-tiàu

華語　被套牢

台語範文

拄著疫情，伊真正欲哭無目屎，買遊覽車园咧飼蠓，開餐廳變便當店，手底一屑仔錢攏著吊，銀行欠的毋知欲按怎？

範文華譯

碰到疫情，他真的是欲哭無淚，買遊覽車放著養蚊子，開餐廳變便當店，手頭一點點錢都被套牢，銀行欠的不曉得怎麼辦？

台語	著鏢
拼音	tioh-pio

華語　染了性病

台語範文

有人類就有垃圾病，這馬流行的垃圾病叫愛滋，早前著垃圾病叫著鏢，著淋病佮梅毒上普遍，淋病會生菜花，梅毒會生樣仔攏真可怕，啊若無好好仔共醫予好，會變慢性，會穢別人，甚至傷害你生囝的能力！

範文華譯

有人類就有性病，現在流行的性病叫愛滋，以前染性病叫中鏢，中淋病或梅毒都是，淋病會生菜花，梅毒會淋巴結球，沒好好把它醫好，會變慢性，會傳染別人，甚至傷害你的生育能力！

台語　開台
拼音　khai-tâi

華語　非常

台語範文

阿松最近開台好運，去交著一个查某囡仔生做開台婿，個性閣開台乖，對伊嘛開台好，聽講個兜閣開台好額，逐家攏講伊這聲卯一死矣！

範文華譯

阿松最近非常好運，交了一非常漂亮的女友，個性又非常乖，對他也非常好，聽說她家也非常有錢，大家都說他真的賺到了！

台語　亄著
拼音　it--tio̍h

華語　貪圖

台語範文

逐擺若冤家，某就大聲共警告講：你是啥物予我亄著，是你有錢抑是你緣投抑是你有才情，我共你講：若毋是看你乖乖，憑你這範的有才調娶著恁祖媽？

範文華譯

每次吵架，老婆就大聲警告他說：你是讓我貪圖你什麼？是你有錢，還是你帥，還是你有才華，我告訴你，要不是看你乖，憑你這塊料哪有本事娶到老娘！

台語　展展
拼音　thián-thián

華語　平坦開闊

台語範文

我去果子仔店買柑仔，身軀邊一个阿 sáng 問我愛按怎揀？我講我攏揀這種尻川展展，搝起來較有重，捏著較軟身的較有水份較好食，伊聽著應我講：按呢我知，我彼陣揀新婦的時嘛是揀彼號尻川展展較會生的！

範文華譯

我去水果店買橘子，身旁一個婦人問我怎麼挑？我說我都挑這種屁股比較平坦，搝一搝比較重，捏起來有點軟的比較有水份比較好吃，她聽了以後就說：我知道，以前我挑媳婦也都是挑這種屁股比較寬闊平坦的比較會生！

台語　愛紅
拼音　ài-hông

華語　愛出風頭

台語範文

董事長做人就是愛紅，明明是生理人偏偏愛出風頭，啥物理事長，會長，主席的名掛一堆，閣欲佮人選啥物黨的中常委，紲落去欲去拚國會議員，講著開錢伊的手攏無咧軟！

範文華譯

董事長做人很愛出風頭，明明是生意人，偏偏愛名聲，什麼理事長，會長，主席的名號掛一堆，還要和人家選什麼黨的中常委，進一步還要拚國會議員，說到花錢，從不手軟！

台語　照目
拼音　tsiò-bȧk

華語　斜視

台語範文

伊對你面頭前向你行倚來，你共伊頕一下頭伊攏無插你，你想講這个人哪會遐無禮貌，問朋友才知影伊原來是照目，根本就無看著你，頂回開會伊坐你對面，嘛是全款無插你，原來是按呢！

範文華譯

他向你迎面走來，你跟他點頭他沒理你，你覺得這個人怎麼這麼沒禮貌，問朋友才知道原來他是斜視，根本沒看到你，上回開會他坐對面也是同樣情形，原來是如此！

台語　當當
拼音　tong-tong

華語　常常

台語範文

頂個月台北當當落雨，我出門當當袂記得紮雨傘，啊就當當去予雨沃甲一身軀澹漉漉，閣當當去感著，所以就當當去予母 --à 共我踅踅唸！

範文華譯

上個月台北常常下雨，我出門常常忘記帶傘，啊就常常被雨淋得一身濕，所以就常常感冒上身，然後就常常被我老媽碎碎念！

台語	碰頂
拼音	phòng-tíng

	華語	最高點

台語範文

金孫國中升學會考成績出來，五个科目四個Ａ＋＋，一个Ａ＋，阿媽講按呢是幾分？我講Ａ＋＋就是碰頂滿分啦，這馬的考試毋是親像以早100分滿分，所以足歹分懸低！

範文華譯

金孫國中會考成績出來，5個科目4個Ａ＋＋，一個Ａ＋，阿媽問說這樣是幾分，我說Ａ＋＋就是最高分滿分啦，現在考試不像以前100分滿分，所以很難分高低！

台語	落志
拼音	lok-tsì

	華語	垂頭喪氣的樣子

台語範文

男子漢愛有氣概，得意免奢颺，失意毋免驚，講較無輸贏咧，就算失意，行路嘛毋通按呢落志落志，予人看無起！

範文華譯

男子漢要有氣概，得意不要張狂，失意不用驚慌，講個不好聽，就算失意，走起路來也不要垂頭喪氣，讓人瞧不起！

台語　落災
拼音　lòh-tse

華語　走霉運

台語範文

伊當咧落災的時，銷去非洲的貨拄著戰亂，錢攏收袂轉來，公司強欲倒去，某嘛綴人走，伊急甲破病險死，無死算足萬幸！

範文華譯

他最倒霉的時候，銷往非洲的貨遇到戰亂，錢都收不回來，公司差點倒閉，老婆也跟人家跑了，他急得生病差點沒命，沒死算他運氣！

台語　落膘
拼音　lòh-pio

華語　暴瘦

台語範文

阿惠因為無閒有三個外月無轉去厝看老爸，這逝轉去看著老爸規个人瘦甲落膘，問起來才知影老爸的 C 肝已經轉肝癌無予知，予伊感覺真毋甘閣真著急，趕緊欲來看按怎陪老爸看病！

範文華譯

阿惠因為忙，有三個多月沒回家探望老爸，這趟回去看到老爸整個人暴瘦，問起來才知道老爸的 C 肝已經轉化為肝癌而沒有讓她知道，讓她覺得不捨又著急，趕緊想辦法要怎麼來陪老爸看病！

台語	詬潲
拼音	kāu-siâu

華語	抱怨

台語範文

伊就是小面神，有話攏园佇腹肚底歹勢當面提出來講，頭家逐工叫伊加班伊毋敢推辭，轉來到厝就詬潲予俉某聽，某聽了就應伊講：共我講這有啥路用？

範文華譯

他就是臉皮薄，有話都是放肚子裡，不好意思拿出來當面講，老闆每天叫他加班他不敢推辭，回到家就抱怨給老婆聽，老婆聽了就說：跟我講這些有什麼用？

台語	誠絕
拼音	tsiânn-tsėrh

華語	真糟糕，好慘

台語範文

舊年考認證，拄著後生欲考高中，害我袂當專心準備，結果差 2 分無過，今年想講較有閒較有準備應該較有希望，想袂到顛倒差 5 分，誠絕！

範文華譯

去年考認證，碰到兒子要考高中，害我不能專心準備，結果差 2 分沒過，今年以為比較有空比較有準備應該比較有希望，想不到反而差 5 分，好慘！

台語　較輸
拼音　khah-su

華語　偏偏就（另解）

台語範文

伊足有才情，嘛真肯拍拚，這回東山再起，準備欲鴻圖大展好好仔發揮咧，較輸運氣無好，拄著疫情，一切的苦心，我看又閣烏有去矣！

範文華譯

他很有才華，也很願意努力，這回東山再起，準備要鴻圖大展好好發揮，偏偏就運氣不好，碰到疫情，一切苦心我看又要化為烏有了！

台語　過家
拼音　kuè-ke

華語　串門子

台語範文

啥物人上愛過家？有兩種人：一種是老大人，橫直食飽閒閒無代誌做，過家揣人罔開講，通好消磨時間；閣一種是才出卵殼仔的幼嬰仔真好玄，愛過家看生份人！

範文華譯

什麼人最愛串門子？有兩種人：一種是老人家，反正吃飽飯沒事做，串門子找人聊天好打發時間；還有一種是剛出娘胎沒好久的小北鼻很好奇，愛串門子看人！

台語	遏指
拼音	at-kí

	華語 持咒的手勢

台語範文

司公收驚唸咒是按呢:白虎是白虎,四跤扛一个腹肚,毋成蟛蜞毋成蛤鼓,毋驚風毋驚雨,ô--e,我龍角一下揍你就變火烌,我龍角一下霆,你就走咧四五坵田,講完燒一張符仔,了後遏指向天捽三下鬼仔隨走了了!

範文華譯

道士作法唸咒是這樣:白虎四隻腳,不是蛤蟆不是蛤蚧,我號角一吹,你就化成灰,我號角一響你就跑得遠遠,唸完燒一張符,然後做一個手勢當天揮三下鬼立刻跑光了!

台語	嘈喙
拼音	tshàuh-tshuì

	華語 話多,健談

台語範文

伊的人真愛講話,人攏叫伊嘈喙的,你若無聊拄著伊參你話仙,有時嘛感覺心適心適,毋過你若咧無閒抑是心情真煩的時陣,拄著伊你會想講欲緊來閃!

範文華譯

他很愛講話,人多叫他多話鬼,你若無聊碰到他陪你閒聊也還好,可是你若在忙或心情煩躁的時候,看到他你會想到趕快躲!

台語 實膜
拼音 tsa̍t-mo̍oh

華語 龜毛

台語範文

伊做代誌足實膜，頂回娶新婦，請客名單研究二冬，帖仔發出去閣補 5 擺，一篇主婚人致詞稿寫 3 個月才完成，有夠可憐，論真我嘛誠共呵咾！

範文華譯

他做事情很龜毛，上次娶媳婦，請客名單研究了兩年，帖子發出去又補了 5 次，一篇主婚人致詞稿寫了三個月才完成，有夠可憐，說到底我也真的佩服他！

台語 慷交
拼音 khóng-kau

華語 慷慨好客，交遊廣闊

台語範文

阿惠講伊細漢罕得看著老爸，因為個老爸是一个慷交的人，不時攏穿甲 pha-lih pha-lih 去外口參人交際應酬，店裡的生理攏交予大兄去處理。

範文華譯

阿惠說她小時候很少見到老爸，因為老爸慷慨好客交遊廣闊，經常打扮得體體面面去外面跟人交際應酬，店裡的生意都交給大哥去處理。

台語　暢空
拼音　thiòng-khang

華語　好事

台語範文

火旺仙個後生選幾若擺議員選無牢，這擺總算予伊選牢，票聲閣開了袂穤，面子算講誠有，人共火旺姆--à 恭喜，伊應講彼是了錢空毋是暢空！

範文華譯

火旺老先生的兒子選了幾次議員都沒選上，這次總算讓他選上了，票數也開得不錯，算是很有面子，人家跟火旺嫂恭喜，她回說：那是花錢的事，不是好事！

台語　熇熇
拼音　ho-ho

華語　溫溫的

台語範文

悉一个囡仔大漢有影無簡單，囡仔細漢袂曉講，有時感冒發燒大人無注意，往往會去耽誤病情，阮某目睭足利，有時看囡仔小可各樣，緊共掠來額頭摸看覓，感覺熇熇就緊悉去予醫生看！

範文華譯

帶一個小孩長大真的不簡單，孩子小的時候有事不會講，有時感冒發燒沒發現，往往會耽誤病情，老婆眼睛很銳利，一發現小孩有點異樣，就趕快抓來摸摸額頭，感到溫熱時，就趕快帶去看醫生！

台語　端的
拼音　tuann-tiah

華語　道地

台語範文

　　若欲講端的，阮母 --à 上端的，伊的穿插是端的的草地椓，做的菜是端的的農家菜，講的腔口是端的的下港仔腔，有讚無？

範文華譯

　　如果要說道地，我母親最道地，她的衣著是道地的鄉下老土，做的菜是道地的農家菜，講話的口音是道地的南部腔，很棒吧！

台語　疊實
拼音　thiàp-sit

華語　老實，實在，務實

台語範文

　　張員外家財萬貫閣大某細姨，可惜就是無生後生單有一个查某囝，查某囝未大漢媒人就三工兩工來報親情，伊攏共媒人講，我盡有這个千金，將來一世人袂使予伊食虧，所以我招囝婿盡有一个條件就是愛規矩疊實，賰 --e 攏無計較！

範文華譯

　　張員外家財萬貫又有大小老婆，可惜就是沒有兒子只有一個女兒，女兒還沒長大，媒人就三天兩頭來提親，張員外說：我僅有這個千金，將來一輩子不能讓她吃虧，所以我招女婿只有一個條件就是要規矩老實，別的我不計較！

台語　遛嘌
拼音　liù-phiù

華語　成熟靈活

台語範文

阿原細漢足死酸，無啥愛佮人講話，想袂到大漢變遮遛嘌，家己一个人去台北揣頭路，佮人接接閣退老練，我愛共呵咾！

範文華譯

阿原小時候很自閉，不大愛跟人家講話，想不到長大變這麼成熟靈活，自己一個人去台北找工作，跟人家打交道也很老練，我要讚美他！

台語　鼻趖
拼音　phīnn-sô

華語　蹭點好處

台語範文

這个人足無品，講伊偌勢拄偌勢，勢甲會飛天鑽地，較輸毋捌看伊做過啥物正經的頭路，干焦會曉看人若辦活動就倚來欲鼻趖搶 mài-khuh！

範文華譯

這個人很沒品，說他有多行又多行，行到能飛天鑽地，偏就沒見他做過什麼正經事，只會每次看人家辦活動就會跑過來蹭點好處搶麥克風！

台語 撚錢
拼音 lián-tsînn

華語 A 錢

台語範文

公司的會計自從去貼著董的了後就想空想縫欲撚錢，手段真強，防不勝防，董的足煩惱講伊未死，公司會先去予伊舞舞倒！

範文華譯

公司的會計自從搭到老董之後就千方百計要 A 公司的錢，手段高明，防不勝防，老董擔心他還沒死，公司就被她搞倒了！

台語 潑猴
拼音 phuat-kâu

華語 淘氣鬼

台語範文

伊的人頭腦巧齣頭濟，個性活潑愛挑戰權威，無愛接受一切傳統的老規矩，朋友攏叫伊潑猴，講伊的未來大好大歹，可能做發明家嘛可能變浪蕩子。

範文華譯

他的人頭腦聰明花樣多，個性活潑愛挑戰權威，不喜歡接受一切傳統的老規矩，朋友都叫他潑猴，說他的未來大好大壞，有可能是科學家，也有可能是浪蕩子！

台語	澈澈
拼音	theh-theh

華語　光光／單單

台語範文

這幾年台北的人口一直減，因為少年人一直搬走，無愛蹛台北，原因就是台北的物價較貴，尤其是厝價貴甲無天理，澈澈一個厝稅就佔收入欲規半，買厝閣較免講！

範文華譯

這幾年台北的人口一直減少，因為年輕人一直搬走，不願意住台北，原因是台北的物價比較貴，尤其是房價貴得沒天理，光是房租就佔收入將近一半，買房就免談了！

台語	線坐
拼音	suànn-tsē

華語　縫合線

台語範文

外科醫師訓練頭一步是啥物？是上簡單的一步，就是負責共主刀醫師開煞的所在紩起來，雖然將來愛拆線，袂去親像衫仔褲按呢會裂線坐，毋過嘛是愛用心紩紩予婿！

範文華譯

外科醫師訓練第一課是什麼？是最簡單的一課就是把主刀醫師開完的地方縫起來，雖然將來還要拆線，不會像衣服的縫合線會裂開，不過還是要用心縫把它縫好！

台語　踮跤
拼音　tiàm-kha

華語　宅在家

台語範文

論真踮跤是個性，無愛和人鬥無閒，
家己一人較清淨，無聊話屎盡量省，
毋免參人捔跋反，毋免痟話練規間。

範文華譯

說來他宅是個性，不愛和人湊不寧，
自己一人較清淨，無聊話語心頭醒，
不用和人搞不清，不用傻話滿盈庭。

台語　橐蹌
拼音　lok-sōng

華語　優哉游哉

台語範文

食老退休別項無，時間冗剩逍遙哥，
行東往西免問嫂，橐蹌橐蹌四界趖。

範文華譯

退休老人哪樣無，時間多似逍遙族，
出門閒逛不需問，優哉游哉晃四處。

台語	橫逆
拼音	hîng-gik

華語	可惡（另解）

台語範文

這台公車有夠橫逆，我遠遠就共攑手，閣趕緊走倚來，伊竟然一秒鐘都毋肯等我，已經趕來到車門邊，伊嘛照常共我開走，害我走甲怦怦喘嘛是坐無著！

範文華譯

這台公車真的很可惡，我遠遠就跟它招手，又趕忙趕過來，他竟然一秒鐘都不肯等我，已經來到車門邊，他照樣把車開走，害我跑得氣喘吁吁還是沒坐到！

台語	斬截
拼音	tsám-tsueh

華語	決斷

台語範文

老頭家過身無 3 冬，伊的事業就敗一半較加去矣。因為伊的後生個性軟弱，做代誌無斬截，由在下跤手烏白舞，尤其伊的舅仔根本是內神通外鬼，想空想縫欲挖伊的錢，伊真知毋過毋敢處理，公司就按呢一直敗落去！

範文華譯

老頭家過世不到三載，他的事業就毀了大半。因為他兒子個性軟弱，做事沒有決斷力，任由手下胡作非為，尤其他的小舅子根本內神通外鬼，想方設法 A 他的錢，他明明知道卻不敢處理，公司就這樣一路衰敗下來！

台語　輸勢
拼音　su-sè

華語　輸人一籌

台語範文

伊人範仔有影生做真嬌，翁有真心愛伊，嫁入門大家官嘛是疼伊有入心，精差伊就是無生較輸勢，歸尾嘛是予人離掉，好額人的新婦有影足悲哀！

範文華譯

她的模樣長得真的很美，老公有真心愛她，嫁入門也很得公公婆婆的歡心，就是沒生小孩輸入一籌，最後還是被離了婚，有錢人家的媳婦真的很悲哀！

台語　遲宕
拼音　tî-tōng

華語　耽擱

台語範文

阿芬個阿媽欲過身進前共個老爸再三交待講：阿芬的婚事已經為咱兜遲宕遐濟年矣，這擺伊若去，百日內緊共嫁嫁咧，毋通閣拖，閣拖真正是誤著伊的青春！

範文華譯

阿芬的阿媽要過世之前跟她老爸再三交待說：阿芬的婚事已經為我們家耽擱很多年了，這次她若走了，百日之內趕快把她嫁了，不要再拖，再拖就誤了她的青春！

台語	錐錐
拼音	tsuí#tsui

華語 尖尖

台語範文

　　阿玉佮阿蘭去食喜酒，阿玉共阿蘭講：你看新娘有身矣 ôo，阿蘭講莫按呢烏白講，阿玉講你無看新娘的腹肚已經錐錐矣，保證有身我袂騙你！

範文華譯

　　阿玉和阿蘭去吃喜酒，阿玉和阿蘭說：你看新娘肚子裡有喜了喔，阿蘭說你不要亂講話，阿玉說你沒看到新娘的肚子尖尖的，保證有喜我不騙你！

台語	辦胚
拼音	pān-phue

華語 料想

台語範文

　　彼工阿發炁一个嬌妹仔去划 bò-toh，死毋死去予個某看著，個某氣一下走轉去外家，第二工伊想講欲緊來去炁個某轉來，去到位拄好拄著個丈姆，伊辦胚會予丈姆罵，想袂到丈姆笑笑仔共講：阿發你今仔日無去划 bò-toh？

範文華譯

　　阿發那天帶個美眉去划小舟，不巧被老婆發現，氣得老婆跑回娘家，第二天他想去接老婆回來，剛好遇到丈母娘，原以為會被罵，想不到丈母娘笑笑的跟他說：你今天沒有去划船啊？

台語　幫敗
拼音　pang-pāi

華語　倒霉鬼老是幫倒忙

台語範文

阮某講我足幫敗，伊若作穡攏叫我閃較邊仔去，較免去害著伊，因為過年笅神桌我共神明燈硞破，叫我揬碗共碗摔破，叫我買物仔煞袂記得捾轉來，予伊驚著！

範文華譯

老婆說我倒霉鬼，她要做事都叫我閃一邊去，免得去害了她，因為過年打掃神明桌我把神明燈打破，叫我拿碗我摔破碗，叫我買東西忘了拿回來，讓她不敢領教！

台語　擘牙
拼音　peh-gê

華語　不打自招

台語範文

結婚前伊有啥物故事？個某毋免問伊家己會講，伊若有閒心情若好，就愛踮遐擘牙，家己一个喃喃仔講，啥物落氣步攏會講出來予某聽！

範文華譯

結婚前他有什麼故事？老婆不用問他自己會說，他若有空心情好，他就會不打自招，自己喃喃自語，什麼糗事都講出來給老婆聽！

台語	燥心
拼音	sò-sim

華語 口乾舌燥

台語範文

看你規工攏食彼號刺激性的物件，連鞭麻辣鍋，連鞭鹹酥雞，連鞭糍雞排，連鞭臭豆腐，莫怪你一直感覺燥心，喙焦喉渴，火氣大。

範文華譯

看你整天都吃那個刺激性的東西，一下子麻辣鍋，一下子鹹酥雞，一下子炸雞排，一下子臭豆腐，難怪你整天口焦舌燥，火氣大！

台語	癆傷
拼音	lô-siong

華語 肺結核

台語範文

阿玉嫁去阿成個兜的時拄個大官過身，當初就是為著個大官癆傷拖病，致使婚事耽誤真久，這回大官欲去進前特別有交代，愛趁伊百日內緊辦辦咧！

範文華譯

阿玉嫁去阿成家剛好她公公過世，當初就是她公公得肺結核拖病以致婚事耽誤很久，這回公公要去之前特別交代，趁他百日之內趕緊辦一辦！

台語 盪顛
拼音 tōng-tennh

華語 步履蹣跚

台語範文

隔壁阿伯 --à 歲頭好像無蓋濟，照算差不多嘛才 70 捅歲爾，是按怎看伊行路按呢盪顛盪顛，敢是身體無好？啊無敢會是老人戀呆症？

範文華譯

隔壁老伯好像年紀不太大，照算也差不多才七十多歲而已，為什麼看他走路步履蹣跚，會不會身體不好，不然難道是老人痴呆症！

台語 膽漢
拼音 tám-hàn

華語 有種

台語範文

俄羅拍《烏克蘭》這局自本逐家攏認為桌頂拈柑，想袂到《澤倫斯基》遮爾仔膽漢，憑伊的勇氣佮智慧改變規个局勢，予俄羅袂當遮爾仔好食睏！

範文華譯

俄國入侵烏克蘭本來是輕而易舉的局，想不到遇到澤倫斯基有種，憑他的勇氣和智慧改變了整個局勢，讓俄國沒那麼容易討到便宜！

台語	擺態
拼音	pái-thāinn

華語	不安份

台語範文

鹹酥雞是 1985 年左右嘉義高工一位姓陳的老師發明的，伊發明這了後即時風行全台灣，予伊趁錢若趁水，可惜後來伊就是擺態，走出來選議員，無偌久就舞甲倒翹翹！

範文華譯

鹹酥雞是 1985 年左右嘉義高工一位姓陳的老師發明的，他發明了這以後很快的就風行全台灣，讓他賺錢如賺水，可惜後來他就是不安份，跑出來選議員，沒好久就垮了！

台語	擽絲
拼音	ngiau-si

華語	慢條絲理

台語範文

伊的人足趣味，食飯有夠慢，一頓飯寬寬仔食食足久，伊講伊做囡仔的時就是按呢，食飯擽絲，一碗飯食甲生水，個母 --à 共催無效，共壓共罵嘛是無效！

範文華譯

他這個人有意思，吃飯有夠慢，一餐飯慢慢吃吃好久，他說他從小就這樣，吃飯慢條絲理，一碗飯吃到生水，他媽媽催他沒用，逼他罵他也沒用！

台語　摘注
拼音　tih-tuh

華語　捉弄

台語範文

老母咧無閒，囝仔較大漢的去讀冊，厝裡的囝仔干焦伊佮小弟，伊無議量就一直創治小弟，老母氣著講：你毋通按呢摘注，若無你就討皮疼，毋信你試看覓！

範文華譯

老媽在忙，小孩子大的去學校，在家的只有他跟弟弟，他覺得無聊就一直捉弄弟弟，媽媽火了，就說：你不要一直捉弄弟弟，不然你會討皮痛，不信你試試看！

台語　癖鼻
拼音　phiah-phīnn

華語　習性

台語範文

阿麗講個翁足厚癖鼻，睏的時足歹睏癖，袂使有一點仔聲音，食的時嘛足怪癖，有嫌有軟嫌軟，燒驚燒冷驚冷，個性閣有孤獨癖，無愛予囝仔倚！

範文華譯

阿麗說他老公很怪癖，睡的時候不好睡，不能有一點聲音，吃的時候毛病也不小，硬也嫌，軟也嫌，熱怕熱，冷怕冷，然後又孤癖，不讓小孩接近！

台語	瘰堆
拼音	luî-tui

華語	不可理喻

台語範文

彼个姓黃的選手穿中國的隊衫這層代誌原本已經漸漸恬靜，偏偏伊閣刁故意鋪文挑戰台灣的網友來予中國看，有影有夠瘰堆。

範文華譯

那個姓黃的選手穿中國隊衣這事情原本已經漸漸沉寂下來，偏偏她又故意 po 文挑戰台灣的網友給中國看，真的是不可理喻！

台語	翹脊
拼音	khiàu-tsit

華語	屋頂是兩頭翹起的燕尾脊

台語範文

個兜一片大瓦厝，正身護龍起久久，翹脊厝頂佇正身，聽講個祖是舉人，做官做甲從五品，傳言毋知真無真。

範文華譯

他家一片大瓦房，三合院落起連幢，燕尾翹脊在正身，聽說乃祖是舉人，做官做到從五品，傳言不曉真不真。

台語　覆底
拼音　phak-té

華語　臥底

台語範文

王警官自 6 年前就予人派去彼个組織做覆底，這中間捌參個同齊去甲泰北買毒，了後嘛捌予人派去菲律賓買銃，6 年來伊逐工佇驚惶當中過日子，所以這擺任務完成伊緊轉來！

範文華譯

王警官從 6 年前就被派去那個組織做臥底，這中間曾跟他們去過泰北買毒，之後也曾被派去菲律賓買槍，6 年來他每天都在提心吊膽中度過，所以這次任務完成他趕快回來！

台語　覆面
拼音　hok-bīn

華語　偽裝

台語範文

每一間汽車廠新款的車欲推出進前攏先愛用覆面的車出來試車，成功了後才用真面目出來辦發表會，另外公路警察隊除去紅斑馬的巡邏車以外，有時嘛會派覆面的車出來祕密巡邏！

範文華譯

每家車廠新車推出之前都要先用偽裝的車出來試車，成功之後才用真面目辦發表會，另外公路警察除了紅斑馬之外，有時也會派偽裝的車出來祕密巡邏！

台語	雞雄
拼音	ke-hîng

華語	早洩

台語範文

論真人類上無聊，孝飽傷閒看阮雞仔交配笑講哪會遐緊。人阮雞仔交配有效率袂囉嗦，恁若學阮煞會夆笑講鷄雄！

範文華譯

說起來人類最無聊，吃飽太閒看我們雞在交配笑說怎麼那麼快。我們雞交配就是講效率不囉嗦，你們想學會被笑那叫早洩！

台語	儳腰
拼音	sôm-io

華語	弓腰凸肚之態

台語範文

彼个人真勢假仙，做一个鄉民代表就講伊是紳士，se-bí-loh 逐工穿牢牢，hái-kat-á 頭抹油抹甲會黏胡蠅，較輸行路儳腰儳腰，姿勢穗穿婧嘛無較縒！

範文華譯

那個人很會裝模作樣，做一個鄉民代表就說他是紳士，西裝每天穿，西裝頭抹油抹得會黏蒼蠅，偏偏走路弓腰凸肚，姿勢不好再打扮也沒用！

台語　礙虐
拼音　gāi-lān

華語　不願隨俗

台語範文

　　伊做兵的時真骨力，頭腦精光代誌會做，連長真疼伊，一直叫伊留營，講留幾年退伍會使做榮民，考大學會當加分，嘛會當共允頭路，仝梯真濟人答應，伊就是礙虐袂瘾！

範文華譯

　　他當兵的時候很認真，頭腦靈光會做事，連長很疼他，一直叫他留營，說留幾年可以變榮民，考大學可以加分，也可以輔導就業，同梯次很多人答應，可是他不願隨俗就是不肯！

台語　蹺苦
拼音　khiâu-khóo

華語　刁難

台語範文

　　學校足勢蹺苦人，每一个新生攏愛買規套的新制服，包括寒熱兩季的衫仔褲，運動衫運動褲，皮鞋布鞋襪仔攏愛，全學校大兄大姊穿過閣袂使傳予小弟小妹。

範文華譯

　　學校很會刁難，每一個新生都要買全套的新制服，包括冬夏兩季衣褲，運動衣運動褲，皮鞋布鞋襪子都要，同學校哥哥姊姊穿過的不能傳給弟弟妹妹。

台語	麗篤
拼音	lè-táu

華語　神氣，氣派

台語範文

阿雄自本真散赤，一四界走傱，一百輾迵變透透攏趁無食，自從人報伊去九份仔挖炭空了後變甲真好過，彼工是過年前伊轉來，穿甲一身軀偌麗篤咧呢！

範文華譯

阿雄本來很窮，四處奔走，各種工作都做過就是賺不到錢，自從人家推薦他去九份做礦工之後變得很好過，那天是過年前他回來，穿著一身好氣派呢！

台語	觸惡
拼音	tshik-òo

華語　罪惡

台語範文

彼个厝頭家有影足觸惡，伊的厝跤是干焦靠做一个散工飼一家伙仔，人伊這馬嘛才今仔受傷袂當出去趁，你就隨欲共人趕厝，按呢敢袂傷過份？

範文華譯

那個房東真的很可惡，他的房客是只靠打個零工養一家人，人家他現在才剛受傷不能出去賺錢，你就立刻要人家搬走，這樣不會太可惡？

台語　觸意
拼音　tshik-ì

華語　冒犯

台語範文

麗玉 --à 共我展講個新婦送伊一條領巾偌好料，我講你誠好空，伊講其實伊領巾足濟，用甲袂得去，毋過若無共收，驚講觸著伊的意。

範文華譯

麗玉跟我說她媳婦送她一條領巾有多高檔，我說你好棒喔！她說其實她領巾好多，用都用不完，不過如果不收，怕惹她不高興。

台語　攝脯
拼音　liap-póo

華語　又乾又皺

台語範文

有一个宜蘭的朋友共我講個宜蘭人共《百香果》叫番仔屧脬，我講為啥物？伊講你看彼《百香果》若囥久外皮攝脯去，色緻閣烏鉎烏鉎，佮屧脬敢毋是足成！

範文華譯

有一個宜蘭的朋友告訴我說，他們宜蘭人把百香果叫番仔陰囊，我問他為什麼，他說你看那百香果放久之後外皮又乾又皺，顏色又像生了鐵銹，跟那陰囊是不是很像！

台語	儼硬
拼音	giám-ngē

華語 堅強

台語範文

阿發個老爸少年做日本兵去南洋無轉來，厝裡無查埔人，靠個老母一个人拑一家，佳哉伊真儼硬，牙齒根咬咧共逐家晟大漢！

範文華譯

阿發他老爸年輕的時候去南洋當兵沒回來，家裡沒男人，靠他老媽一個人肩挑一家的生計，好在她很堅強，咬起牙關把大家扶養長大！

台語	穤笩
拼音	bái-tsháinn

華語 耍脾氣

台語範文

伊出世是千金小姐，細漢讀冊袂䆀頂顙，國立大學，國外留學攏綴有著，規世人予人扶扶挺挺，養成伊高高在上，目睭生佇頭殼尾頂的個性，磕袂著就穤穤笩笩！

範文華譯

她出生是千金小姐，小時候很能讀書，國立大學，國外留學都有跟到，一輩子讓人家奉承，養成她高高在上，眼睛長在頭頂上的個性，動不動就耍脾氣！

台語 筅罐
拼音 tshāi-kuàn

華語 各擺一罐各喝各的

台語範文

　　阮這陣朋友較愛啉麥仔酒，逐擺攏嘛筅罐的，各人家己揋家己開家己斟家己啉，互相無相偏。

範文華譯

　　我們這一群朋友比較喜歡喝啤酒，每次都是各人面前擺一瓶，自己拿自己開自己倒自己喝，誰也不吃虧！

全漢三字部

台語	人胚仔
拼音	lâng-phue-á

華語	小大人

台語範文

伊去火燒島彼年後生才 5 歲，經過有 8 冬毋捌看著囝的面，今仔日頭一擺佮爸囝見面，伊看著後生已經大漢甲變一个人胚仔，一時歡喜，目屎忍不住流甲扊袂離！

範文華譯

他去綠島那年兒子才 5 歲，經過了 8 年沒看過兒子，今天是頭一次父子見面，他看到兒子已經長到像個小大人，一時高興，忍不住淚水揮也揮不止！

台語	入門喜
拼音	jip-mng-hí

華語	新娘初夜就有喜

台語範文

人人呵咾新娘嬌，坐佇床頭笑微微；一甌甜茶來相敬，祝你入門喜雙生！

範文華譯

人人誇讚新娘美，坐在床頭笑咪咪；一杯甜茶來敬你，祝你入門喜雙生！

台語 十胡仔
拼音 tsa̍p-hôo-á

華語 四色牌

台語範文

台灣本土跋筊上普遍的是四色牌仔，就是用紅白黃青四色 112 支的紙牌仔來跋，輸贏的基本是愛鬥十胡，所以叫十胡仔，其實阮細漢過年的時這是農家的家庭娛樂，輸贏一擺才 2 角銀，高等家庭才咧跋麻雀！

範文華譯

台灣本土賭博最普遍的是四色牌，就是用紅白黃綠四色 112 支的紙牌來賭，輸贏的基本是要湊十胡，所以它就叫十胡，其實小時候過年時這是農家的家庭娛樂，輸贏一次才 2 毛錢，高等家庭才打麻將！

台語 三頓鮮
拼音 sann-tǹg-tshinn

華語 三餐吃好料

台語範文

古早人三頓普遍食醬鹹抑是有過頓烌過的菜，好額人才有三頓逐碗攏煮鮮的，這馬我三頓攏佇外口買，阮某笑我誠好空，有通三頓鮮！

範文華譯

以前的人三餐普遍吃一些醃漬的食品或是有吃剩熱過的，只有很有錢的人才能三餐每碗都煮新鮮的，現在我三餐外食外面買，老婆笑我三餐吃好料！

台語	大出手
拼音	tuā-tshut-tshiú

華語 出手大方

台語範文

老頭家佇的時財務較保守，不管是對業務的開展抑是員工的待遇福利，攏毋敢迒傷大步。老頭家過身，個查某囝扞手頭，一氣開 5 間分店，員工加薪 4.5%，過年賞金大出手，提 10 億出來分！

範文華譯

老頭家在的時候財務比較保守，不管是業務的開拓還是員工的待遇福利，都不敢跨大步。老頭家走了，換他女兒當家，一口氣開了 5 家分店，員工加薪 4.5%，過年獎金出手大方，拿出 10 億出來分！

台語	大色貨
拼音	tuā-sik-huè

華語 最常用或最暢銷的貨色

台語範文

白菜、菜頭、苦瓜、冬瓜、竹筍是台菜料理中做菜的大色貨，啊若一般餐廳佮小食店，夆點青菜的就是蕹菜、萵仔菜、番薯葉、豆菜，上大色，極加加一味菠薐仔菜！

範文華譯

白菜、蘿蔔、苦瓜、冬瓜、竹筍是台菜料理中做菜的最常用的貨色；如果一般餐廳和小吃店，讓人點青菜的就是空心菜、萵苣菜，地瓜葉，豆芽菜用最多，頂多加一樣菠菜！

台語　大妗婆
拼音　tuā-kīm-pô

華語　大嘴巴

台語範文

你真知影阿榮個母 --à 一直攏無愛阿榮佮阿麗行做伙，你這个大妗婆 --ā 偏偏去共個母 --à 透露個兩个的消息，你有影害死人，喙無講會死是無？

範文華譯

你明知道阿榮他媽一直都不喜歡阿榮和阿麗走一起，你這個大嘴巴偏偏去跟他媽透露他們倆的消息，你真的害死人，不說話會死嗎？

台語　大粒株
拼音　tuā-liàp-lu

華語　大人物

台語範文

阿雄做人毋認輸，朋友串交大粒株，
夆笑其實交袂久，家己四兩攏無除。

範文華譯

阿雄做人不服輸，朋友都交大人物，
被嘲其實交不久，自己斤兩沒掂好。

台語 大箍把
拼音 tuā-khoo-pé

華語 大塊頭

台語範文

這兩工仔天氣反寒閣雨來沓滴，逐家攏穿長裰疊裘仔，干焦你一个佮人無親像，穿短裰閣出來外口賴賴趖，你就是靠你大箍把毋驚寒！

範文華譯

這兩天天氣變冷又雨下個不停，大家都穿長袖加外套，只有你一個人與眾不同，穿短袖又到處亂跑，你就是仗著你塊頭大不怕冷！

台語 大裪衫
拼音 tuā-tô-sann

華語 左衽布扣的大襟衣

台語範文

古早阮阿媽個彼勻的穿的攏是大裪衫，用布鈕仔鈕佇倒爿，色緻毋是殕就是赤，客家的查某穿這種衫的閣較濟，毋過個色緻較嬌，差不多攏是紺色，加真出色！

範文華譯

以前我阿媽那一輩的穿的都是大襟衣，用布扣子扣在左邊，顏色不是灰就淺咖啡色，客家女性穿這種衣服的更多，不過顏色比較漂亮，大部分是湛藍色，比較亮麗！

台語　大諍王
拼音　tuā-tsènn-ông

華語　抬死槓的人

台語範文

人人講伊是大諍王，世間萬項伊攏會通，有理諍贏是無冤枉，無理照常嘛欲徛王，諍贏徛王就上蓋爽！

範文華譯

人人說他是抬槓王，世間萬事他都能通，有理辯贏不冤枉，無理照樣要稱王，辯贏稱王就是爽！

台語　小面神
拼音　sió-bīn-sîn

華語　害羞

台語範文

佢後生欲徛 30 矣猶未娶，嘛猶無聽講有對象，人問伊講恁後生佢公司迵大間，全辦公室的同事迵爾仔濟，哪會也無去交一个，老母講哪有法度，伊都小面神，毋敢佮查某囡仔講話！

範文華譯

她兒子快 30 了還沒娶，也沒聽說有對象，人家問她說你兒子公司那麼大，同辦公室的同事那麼多，怎麼也沒去交一個？她說我有什麼辦法，他就是害羞，不敢和女孩子講話！

台語　不成算
拼音　put-sîng-suàn

華語　不像樣

台語範文

阿玉共翁講：你看彼兩个國中生足不成算，踮公車頂人眾眾，攏袂想歹勢就按呢攬咧唚！翁應伊講：時代無全矣啦，莫按呢大驚小怪！

範文華譯

阿玉告訴他老公說，你看那兩個國中生真不像話，在公車上眾目睽睽之下，也不覺得難為情就抱著親嘴，老公回她說：時代不同了，不要大驚小怪啦！

台語　不接一
拼音　put-tsiap-it

華語　難以為繼

台語範文

阿英的老爸真放蕩，伊足細漢的時老爸就離家出走，久久 --à 才有提一屑仔錢轉來，毋過攏不接一，所以個規家伙仔佮伊攏無啥物感情，最近老爸老矣討欲轉來，老母講毋免想，無欲饒赦你！

範文華譯

阿英的老爸很沒有責任，他很小的時候老爸就離家出走，久久才有拿一點錢回家，不過也是無以為繼，所以他們全家都跟他沒什麼感情，最近她老爸老了想要回來，老媽說休想，不會原諒你！

台語　巴勞礦
拼音　pà-lì-lè／luè

華語　恣意妄為

台語範文

人講愛花連盆惜囝連孫，伊放個遐的囝孫仔逐家攏足自由，有乖無乖攏無要緊，隨在個巴勞礦。

範文華譯

有道是愛屋及烏，愛兒連孫，他放他的子孫們各自都很自由，乖或不乖他都不在意，隨他們愛怎麼辦怎麼辦。

台語　欠過年
拼音　khiàm-kuè-nî

華語　欠錢欠到過年未還

台語範文

我嘛知影欠錢袂使欠過年，欠錢欠過年，歹運會綴規年，是講知還知，我都有影轉袂過，無才調還，欲按怎？歹勢啦！

範文華譯

我也知道欠錢不能欠過年，欠錢欠過年，霉運會跟你一整年，可是知道歸知道，我就是週轉不過來，還不了，不好意思啦！

台語　歹腸肚
拼音　pháinn tng-tōo

華語　生了壞兒女

台語範文

後生出代誌，伊共記者講伊嘛無愛按呢，啊都無法度，歹腸肚生著彼號歹囝孫，早若知，出世就共捏捏死，較袂害伊按呢卸世卸眾！

範文華譯

兒子出了事，她告訴記者說她也不想這樣，可是就是沒辦法，壞肚腸生了個壞兒子，早知如此，一生出來就該把他掐死，免得害她丟人現眼！

台語　垢刮銑
拼音　káu-kueh-sian

華語　身上的汙垢

台語範文

有一條古早戲台頂草丑仔不時咧唱的歌：「一工過了又一工，三工無洗全是銑，走去溪仔洗三遍，毒死鱸鰻數萬仙」描寫古早人貧惰洗身軀，洗一擺身軀用的垢刮銑會連溪仔底的魚仔蝦仔都毒毒死！

範文華譯

有一首以前戲台上小丑經常在唱的歌：「一天過了又一天，三天沒洗全汙垢，跑到小溪洗三遍，毒死魚蝦萬萬千」描寫古時候的人不愛洗澡，洗一次澡把身上的汙垢刮下來足以毒死千萬條魚蝦！

台語　牛頭劌
拼音　gû-thâu-thuánn

華語　莽撞蠻幹的人

台語範文

看老母佇大家庭受的委屈，伊看袂過徛出來共阿媽抗議，閣因為別人的插喙造成伊佮阿媽冤家，阿媽罵伊牛頭劌，伊應講：就是為著恁不該欺負阮媽媽所致！

範文華譯

看到母親在大家庭受到的委屈，他看不下去站出來跟阿媽抗議，又因為別人的插嘴造成他和阿媽吵起來，阿媽罵他莽撞又蠻幹，他回說：就是因為你們欺負我媽造成的！

台語　仝國的
拼音　kāng-kok--ê

華語　同溫層

台語範文

咱人交朋友慣勢揣仝國的，觀念仝款，興趣仝款，利益仝款，尤其資訊時代，line 群組攏是仝國的，久去無佮意的訊息攏看袂著，就親像青盲矣！

範文華譯

我們交朋友習慣找同溫層的，觀念相同，興趣相同，利益相同，尤其資訊時代，line 群組裡都是同溫層的人，久而久之，不喜歡的訊息都看不到，形同是瞎子！

台語	去倒死
拼音	khì-tò-sí

華語 反而糟糕

台語範文

破病看醫生就是愛照醫生的處方食藥仔抑是做其他的治療，上驚就是假博，醫生的藥仔毋食，偏偏走去揣偏方來食，按呢毋但對病情無幫助，閣會去礙著醫生的藥效，敢毋是去倒死！

範文華譯

生病看醫生就是要照著醫生的處方吃藥或是做其他的治療，最怕就是不懂充懂，偏要去找偏方來吃，這樣子不但對病情無益，還會礙著醫生的藥效，不是反而糟糕嗎！

台語	生尾溜
拼音	senn-bué-liu

華語 橫生枝節

台語範文

伊做人勢牽拖，佮伊接接攏會生尾溜，照呼無照行，貨出了才嫌包裝穤，貨款硬欲共人扣 5%，漚客一擺就予人佮伊扯離離！

範文華譯

他做人很不乾脆，跟他接觸每次都會橫生枝節，約好的事都不願意好好履行，貨出去了才嫌包裝不好，貨款硬要扣 5%，這種澳客一次就讓人切斷！

台語　白目糜
拼音　peh-bak-bê／bêr

華語直譯　遭人白眼的一碗稀飯
華語意譯　遭人白眼的日子

台語範文

媒人報一个親事予伊，查某真媠伊有佮意，毋過愛夆招伊無愛，驚去人兜食白目糜。

範文華譯

媒人來做一門親事給他，女孩子很美他有中意，但是要入贅他不肯，怕去人家家裡過遭人白眼的日子。

台語　目火著
拼音　bak-hué toh

華語　看了火大

台語範文

電視頂頭便若看著彼个人我就目火著，想講世間哪有這種人？做代誌無半撇，閣規工愛出來臭彈，卸世卸眾，家己也袂感覺有半屑仔歹勢！

範文華譯

每次在電視上看到那個人我就火冒三丈，想說世界上怎麼有這樣的人，做事情狗屁不通，偏又每天出來自我吹噓，丟臉丟到了家，自己還沒半點覺得不好意思！

台語　坪仔田
拼音　phiânn-á-tshân

華語　梯田

台語範文

我的故鄉三芝是佇台灣北海岸佮大屯山脈中間，一片崎斜攄崎斜攄的所在，所以阮三芝的坪仔田上濟，尤其倚山區全全攏是，景緻非常的媠，毋過媠是媠，對作田的人來講，作著坪仔有影真忝頭！

範文華譯

我的故鄉三芝位在台灣北海岸跟大屯山脈之間，一片斜坡的地方，所以我們三芝的梯田最多，尤其靠山區整個都是，看起來風景很美，不過美是美，對種田的人來講，在梯田耕作確實比較累人！

台語　死就煞
拼音　sí--tō suah

華語　死了就算

台語範文

里長問阿婆講：阿婆你哪會毋去注預防射？阿婆講我遮老矣，免啦！里長講：你無注較會去夆穢著呢！阿婆講：我都規百歲矣，穢著死就煞，曷使驚！

範文華譯

里長問阿婆說：阿婆你怎麼不去打預防針呢？阿婆說我這麼老了，不用啦；里長又說：不打比較容易被傳染呢，阿婆說：我都快一百歲了，傳染到死了就算怕什麼！

台語　死穤目
拼音　sí-bái-ba̍k

華語　眼力不好，反應遲鈍

台語範文

你實在好笑，彼个查埔囡仔明明就是欲來奅恁查某囝，來恁兜佮你牽來牽去牽一晡，你哪會遐死穤目攏看無！

範文華譯

你實在太好笑了，那個男孩子明明就是要來把你的女兒，來你家跟你扯東扯西扯半天，你竟然眼力不好反應遲鈍沒看出來。

台語　老同姒
拼音　lāu-tâng-sāi

華語　老姊妹

台語範文

個是古早舊厝邊，分開已經足濟年，
見面實在真歡喜，古早舊話講袂離，
阿款共阿素講：老同姒我實在足想你！

範文華譯

都是舊時老鄰居，分別好久又好久，
見面實在很開心，舊時話題講不停，
阿款跟阿素說：老姊妹我實在好想你！

台語 老姼的
拼音 lāu-tshit--ê

華語 老相好

台語範文

彼工同窗會,阿銘炁一个媠姑娘仔來,逐家問伊講結婚哪會無通知?阿發趕緊替伊講:煞毋知彼是個老姼--ê 啦!

範文華譯

那天同學會,阿銘帶了一個漂亮姑娘來,大家問他結婚怎麼沒有通知?阿發趕緊幫他說:還不就是他的老相好啦!

台語 孝男天
拼音 hàu-lâm-thinn

華語 陰雨天

台語範文

上元過到今猶一直落雨,原本想講春仔雨猶未到應該落無偌久,哪知竟然連紲落個外月,逐工攏按呢孝男天,予人感覺有夠煩!

範文華譯

元宵節過後到現在還一直下雨,原本想說春雨還沒到不會下太久,哪知道竟然連續下了一個多月,每天都是陰雨天,讓人感覺真的好煩!

台語　角花仔
拼音　kak-hue-á

華語　方格紋

台語範文

　　伊佇車頭看著一个穿角花仔的媠姑娘，一時心肝頭感覺足艱苦，因為彼年阿蘭欲嫁進前，含著目屎來遮佮伊相辭的時，就是穿一領像這款的洋裝，害伊真正是見景傷情！

範文華譯

　　他在車站看到一個穿著花格子的美姑娘，一時心裡感到很難過，因為那年阿蘭要出嫁之前，含著眼淚來這裡和他說再見的時候，就是穿一件像這樣子的洋裝，害他真的是見景傷情！

台語　走販仔
拼音　tsáu-huàn-á

華語　流動販子

台語範文

　　細漢的時上愛看彼號走販仔來賣物件，有賣布匹，有賣雜細，猶嘛有賣人參補品，這馬是有佇各地菜市仔流動，賣五金抑是囡仔物等等，攏真受歡迎。

範文華譯

　　小時候最喜歡看那個流動販子來賣東西，有賣布匹，有賣小百貨，還有人參補品，現在是有在各地菜市場流動，賣五金或玩具等等，都很受歡迎。

台語　坩仔仙
拼音　khann-á-sian

華語　男同性戀者

台語範文

　　早前社會袂當接受同性戀，會去予人叫一寡無好聽的名，像查埔的就叫坩仔仙，查某的閣較害，就當做不存在，因為你歡喜也好，無歡喜也好，橫直攏愛嫁翁生囝！

範文華譯

　　以前社會不能接受同性戀，會被賦予一些難聽的名字，男生就被叫缸仔仙，女性更慘，就當做你不存在，因為你高興也罷，不高興也罷，反正將來都要嫁人生小孩！

台語　妲己精
拼音　tat-kí-tsiann

華語　喜歡招惹別人的女孩

台語範文

　　你這个查某囡仔真正是無乖，無代誌惹代誌，連鞭觸這个連鞭觸彼个，通庄仔頭無一个佮你會鬥的，有影是妲己精無毋著！

範文華譯

　　你這個女孩子真的是不乖，沒事惹事，一下子鬥這個，一下子鬥那個，整個村子沒一個跟你好，真的就是喜歡招惹別人的壞女孩！

台語 忝學咧
拼音 thiám-òh-leh

華語 還有得學

台語範文

你莫共我呵咾，我家己心內有數，這个工夫我猶忝學啦，欲學甲像你遐勢猶閣咕咕咕咧！

範文華譯

你不要誇讚我，我自己心裡有數，這門工夫我還有得學，要學到像你這麼厲害，還早得很呢！

台語 拆火灶
拼音 thiah-hué-tsàu

華語 分家

台語範文

老爸過身無偌久，老母就共兄弟仔攏叫叫倚來講：恁老爸無佇哩矣，厝我無才調扞，猶是共恁阿舅請來，逐家做伙參詳拆火灶，家伙分分咧，各人家己食較實在！

範文華譯

老爸過世沒好久，老媽就把兄弟都叫過來說：你老爸不在了，這個家我沒辦法管，還是把你們舅舅請來，大家一起商量分家，財產分一分，各人自己過比較實在！

台語　拔虎鬚
拼音　pueh-hóo-tshiu

華語　抓鬮

台語範文

　　一陣無聊的兄弟，落雨天袂當出門趁錢，就相招走來去覕佇廟口戲台跤，無聊到底想欲孝孤燒酒，就來拔虎鬚，輸的人一个揞燒酒一个買塗豆切豬頭皮！

範文華譯

　　一群無聊兄弟，下雨天沒辦法出門賺錢，就相約去躲在廟口戲台下，無聊之餘想要喝酒，就來抓鬮，輸的人，一個買酒，一個買下酒菜！

台語　狗吠公／媽
拼音　káu-puī-kong ／ má

華語　外公／婆

台語範文

　　查某囝嫁出佇外庄，一條路途是天遐遠，
　　欲看外孫行甲跤會軟，喝講狗吠公來矣咧叫門！

範文華譯

　　女兒嫁出到他鄉，一條路途千里遠，
　　要看外孫走到腳軟，叫一聲外公來了在叫門！

台語 知頭重
拼音 tsai-thâu-tāng

華語 懂事

台語範文

阿耀大學畢業考著公費留學會當出國深造，遐拄好拄著老爸出車禍真嚴重，伊真知頭重放棄出國，留咧厝鬥趁錢，一家伙仔三頓先顧予好較要緊，留學的代誌，後日仔才閣講。

範文華譯

阿耀大學畢業考上公費留學可以出國深造，不湊巧遇到老爸出車禍很嚴重，他很懂事，放棄出國留在家裡幫忙賺錢，一家人的三餐先解決比較重要，留學的事，以後再說吧！

台語 牽麵線
拼音 khan-mī-suànn

華語 愛聊會聊沒有節制

台語範文

伊的人上愛過家，頂下厝四界去摟，
論甲真無啥目的，盡有是愛牽麵線。
去人兜牽東牽西，尻川長終晡短日。
予人叫麵線姆仔，伊嘛是歡喜原在。

範文華譯：

她這人最愛串門，左右門到處去穿，
說到底沒啥目的，僅有是就愛聊天。
到人家東扯西扯，屁股黏半天不走，
被人叫麵線婆婆，她依然毫不在意。

台語	厚徼兆
拼音	kāu khiò-tiō

華語　重迷信

台語範文

　　細根仔伯的人足厚徼兆，伊的厝後郊是墓仔埔，所以伊就踮個兜俗墓仔埔中間錘一條溝仔、共這條溝仔號做陰陽界，溝仔岸閣貼足濟符仔令，予鬼仔袂當過來！

範文華譯

　　細根伯為人很迷信，他家屋後是公墓，所以他就在他家跟公墓之間挖一條溝叫陰陽界，並在溝旁貼很多符咒，讓鬼過不來！

台語	屎桮喙
拼音	sái-pue-tshuì

華語　烏鴉嘴

台語範文

　　伊彼支喙真正是屎桮喙，公投進前就一直恐嚇逐家講：公投若過台灣一定會欠電，結果昨昏公投一下過，伊的總部果然就停電，咒誓害別人死著家己。

範文華譯

　　他那張嘴真的是烏鴉嘴，公投前就一直恐嚇大家說：公投要是過，台灣一定會缺電，結果昨天公投才一過他的總部果然就停電，咒了別人也害了自己！

台語　嗒纘纘
拼音　bā-sǹg-sǹg

華語　極度吻合

台語範文

阿麗個囝本成無蓋乖，伊去新公司上班老母煩惱伊頭路食袂牢。結果人伊去無幾工，憑伊的喙花佮手腕去搭著頭家仔囝，連鞭就佮伊嗒纘纘，頭路穩觸觸。

範文華譯

阿麗的兒子本來沒有很乖，他去新公司上班，他老媽也擔心他工作做不久。結果他去沒幾天，憑他的口才和手腕很快搭上了小老闆，而且很快變得很麻吉，工作也就變得很穩！

台語　後爿厝
拼音　āu-pîng-tshù

華語　屋後的某一個村落

台語範文

阿賢當初就是蹛佇阿英個後爿厝，若欲去街仔，攏愛行仝一條路，出也相見入也相見，所以個是細漢就熟似，大漢相意愛，結果變翁仔某！

範文華譯

阿賢當初就是住在阿英她們家屋後的那個村落，如果要上街都要走同一條路，進進出出都會碰面，所以他們是從小認識，長大互相喜歡，結果就變夫妻！

台語 後壁郊
拼音 āu-piah-kau

華語 屋後的某處

台語範文

後壁郊彼欉大樹跤是伊傷心的所在，彼年伊去做兵的時就是佇遮和伊相辭，這馬伊做兵轉來矣，忍不住閣來到遮，看著當初兩个人佇樹頭刻的名猶佇哩，毋過伊的人咧？

範文華譯

屋後那棵大樹下是他傷心的地方，那年他去當兵的時候就是在這裡和她分手，現在他當完兵回來了，忍不住又舊地重遊，看到當初兩個人在樹上刻的名字還在，但是她的人呢？

台語 畏見笑
拼音 uì-kiàn-siàu

華語 害羞

台語範文

阿麗問個翁當初是按怎去佮意著伊，個翁應伊講：煞毋知你彼工綴阮小妹來阮兜，我看著你不但生媠，閣一直表現畏見笑畏見笑的模樣害我去煞著！

範文華譯

阿麗問她老公說當初是怎麼看上了她的？她老公回她說：還不是你那天跟我妹來我家，我看你不但長得漂亮，而且一直表現得一付羞答答的模樣迷上了我！

台語　相捻手
拼音　sio-liàm-tshiú

華語　默契

台語範文

兩个伴嫁事先並無約束，結婚彼工竟然好像有相捻手，攏穿仝款的衫出現，予逐家攏感覺個有影足心適！

範文華譯

兩個伴娘事先也沒講好，結婚那天竟然好像有默契，都穿同樣的衣服出現，讓大家都覺得她們倆真有趣！

台語　苦重苦
拼音　khóo-tîng-khóo

華語　親上加親

台語範文

阮某個大姊有一个查某囝嫁我的外甥，是阮某做媒人做成的親事，所以伊是阿姨變阿妗，親加親，算講是苦重苦，個的親一重閣一重，伨甲袂當通煞！

範文華譯

我太太她大姊有一個女兒嫁給我外甥，是我太太做媒做成的親事，所以她是阿姨變舅媽，親上加親，算是苦上加苦，雙方的親一重重，應付得沒完沒了！

台語　食迥海
拼音　tsia̍h thàng-hái

華語　無限供應吃到飽

台語範文

用「食甲飽」來稱呼西洋式的自助餐，其實並無合意，因為伊的條件是愛有豐沛多樣的品質，閣有無限量供應來滿足人客的菜色，毋是干焦予人食粗飽的，所以叫「食迥海」較合！

範文華譯

用「吃到飽」來稱呼西洋式自助餐，其實並沒有很合適，因為他的條件是要有豐富多樣的品質，還要有無限量供應來滿足顧客的菜色，不是只讓人撐到飽，所以應該叫「無限滿足」才合適！

台語　香爐耳
拼音　hiunn-lôo-hīnn

華語　香火傳人

台語範文

阿蓉個翁是單囝，愛承擔傳宗接代的責任，為著欲傳一個香爐耳，阿蓉做 5 擺的人工受胎才完成，予伊感覺人生若會當閣重來，伊甘願無愛嫁，較免受這个苦！

範文華譯

阿蓉的老公是獨生子，要承擔傳宗接代的責任，為了要生一個香火傳人，阿蓉做了 5 次的人工受胎才完成，讓她感覺人生若能重來，她寧願不嫁，才不用吃這個苦！

台語　倒觸齒
拼音　tò-tak-khí

華語　上下顎牙齒咬合時下顎在前者

台語範文

伊的喙齒自本是正常，頂下齒合起來的時是頂齒佇頭前，這馬食老無牙去鬥假齒，醫生共鬥一个倒觸齒，下顎較捅出去，煞變戽斗！

範文華譯

他的牙齒本來是正常，上下齒咬合的時候上齒在前，現在老了去裝假牙，醫生幫他裝了一個下顎在前的牙齒，讓他變戽斗！

台語　挵著鼻
拼音　lòng-tio̍h-phīnn

華語　有如撞到鼻子一般慘重

台語範文

阿財這聲食力矣：外甥欲娶某，伊做阿舅攢這幅聯，青仔欉愛餅甲滇、新婦欲生愛做月內、老丈人做生日，伊做囝婿大禮數走袂去。三項做一睏，大大挵著鼻！

範文華譯

阿財這下子慘了：外甥娶親，他做舅舅的一幅喜幛要別滿鈔票、兒媳要生要做月子、老丈人過生日，他當女婿的大禮跑不掉。三件事一起發生，災情相當慘重！

台語	捏羼脬
拼音	tēnn lān-pha

華語　扼腕

台語範文

　　欲簽樂仔的時，伊想講提女朋友的生日來簽一定妥當，結果伊共女朋友的生日記毋著，遐拄好拄差彼字就著一千萬，伊真正是捏羼脬！

範文華譯

　　要簽樂透的時候，他想說拿女朋友的生日來簽一定穩當，結果他把女朋友的生日記錯，就這麼巧剛好就差那個字中一千萬，他真的是扼腕啊！

台語	撇輾轉
拼音	phiat--liàn-tńg

華語　漂亮或高興得不得了

台語範文

　　阿玉的查某囝生做嬌閣勢讀冊，毋但考牢北一女，閣夆選入去做儀隊，阿玉的手機仔內底攏是查某囝的相片，昨昏伊去參加同窗會，逐家看著伊的相片攏呵咾伊勢生，共伊的查某囝生做甲撇輾轉！

範文華譯

　　阿玉的女兒長得漂亮又會讀書，不但考上北一女，還被選上儀隊，阿玉的手機裡頭滿是女兒的照片，昨天她去參加同學會，大家看到她的照片都誇她好會生，把她女兒生得漂亮得不得了！

台語　崁布袋
拼音　khàm pòo-tē

華語　用布袋套頭狠揍一頓

台語範文

以前國中猶有體罰，遮的夆體罰的學生到畢業彼工，會去校門口等個心內感覺上惡質的老師下班，當場用布袋共伊的頭殼崁咧，眾人圍倚來共舂共踅叫崁布袋，邊仔的同學攏會鬥拍噗仔喝爽！

範文華譯

以前國中還有體罰，這些被體罰的學生到畢業那天，會到校門口等他們心目中認為最惡劣的老師下班，當場用布袋套他的頭，然後大家一擁而上又踢又打，旁邊的同學還會拍手叫好！

台語　消渴症
拼音　siau-khuah-tsìng

華語　糖尿病

台語範文

伊講個阿公 50 幾歲就著消渴症，彼時戰時無錢通看醫生，食草藥仔攏無效，嘛毋知欲按怎保養身體，逐工干焦倒佇眠床頂歇睏，營養不良，瘦甲賰一支骨！

範文華譯

他說他阿公 50 幾歲就得糖尿病，那時是戰時沒錢看醫生，吃草藥都沒效，也不曉得怎麼樣保養身體，每天只會臥床休息，營養不良瘦得剩一把骨頭！

台語　烏龜癖
拼音　oo-ku-phiah

華語　自知理虧不敢動怒

台語範文

我退休前捌看一个高級長官佇一个公共場所，當著眾人面前予伊的部下恥笑，伊竟然無受氣嘛無辯解，同事笑伊是烏龜癖，因為歪哥的人愛好性地才袂出代誌！

範文華譯

我退休前曾見一個高級長官在一個公共場所當著眾人面前被他的部屬嘲笑，他竟然沒有生氣也沒有辯解，有同事笑說是自知理虧不敢動怒，因為歪哥的人要有好脾氣才不會出事！

台語　眠床道
拼音　bîn-tshng-tō

華語　床緣

台語範文

阿榮欲出國讀冊彼工，個老母挂破病在床，伊坐佇眠床道佮老母相辭，誰知伊轉來的時老母已經無去矣。

範文華譯

阿榮要出國讀書那天，他媽媽剛好生病在床，他坐在床緣跟媽媽辭行，誰知道他回來的時候，媽媽已經不在了！

台語	破少年
拼音	phuà-siàu-liân

華語　弱雞

台語範文

這號天也無啥偌寒，你穿甲彼身軀遐大身軀，敢會看得？比彼个阿伯 --à 穿較濟，有影破少年，笑死五百外人！

範文華譯

這種天氣也沒好冷，你穿那麼大一身能看嗎？比那個老伯伯穿還多，真是個弱雞，笑死人！

台語	破病丁
拼音	phuà-pēnn-ting

華語　病夫

台語範文

阮社區的台語班攏是阿公阿媽級的老人，身體有較荏，較袂堪得天氣的變化，拄著天氣若穤，就不時有人請假，我笑講攏是一陣破病丁。

範文華譯

我們社區的台語班都是阿公阿媽級的老人，身體比較弱也比較經不起天氣的變化，遇到天氣不好，就經常有人請假，我笑說都是一群病夫。

台語　破雞箠
拼音　phuà ke-tshuê

華語　喋喋不休

台語範文

伊講個老母足雜唸，一支喙若破雞箠，一工甲晚活活唸，著也唸毋著也唸，唸甲伊強欲起痟，閣唸甲伊強欲破病，緊搬搬出來！

範文華譯

他說他老媽很愛唸，一張嘴像趕雞的竹杖，一天到晚唸個不停，對也唸不對也唸，唸得他快抓狂，也唸得他快生病，趕緊搬出來！

台語　臭破味
拼音　tshàu-phuà-bī

華語　有一點端倪

台語範文

伊共我講：聽講捷運欲對淡水摸來甲咱三芝，這層代誌最近敢若有一點仔臭破味仔呢，我應伊講莫眠夢矣啦，彼是建商烏白喝的你也咧信！

範文華譯

他跟我講：聽說捷運要從淡水拉到我們三芝，這個事情最近好像有出現一點端倪，我說別作夢了，那是建商胡亂喊的你也相信！

| 台語 | 袂夆箍 |
| 拼音 | bē-hông-khoo |

華語　沒輒

台語範文

阿明生理失敗欠錢,阿原好心共阿明講我借你 200 萬,阿明講多謝你的好意,毋過恁兜的錢攏捏佇恁某的手頭,我真知影恁某毋肯,你根本袂夆箍咧,哪有效!

範文華譯

阿明生意失敗缺錢,阿原好心跟阿明說要借他 200 萬,阿明說謝謝你的好意,不過你們家的錢是抓在你老婆手上,我明知她不會肯,你根本拿她沒輒,有什麼用!

| 台語 | 袂見眾 |
| 拼音 | bē-kìnn-tsìng |

華語　見不得人

台語範文

人講欲害一个人上簡單的方法就是術伊去選舉,時到伊的祖公三代啥物死骨頭,所有袂見眾的代誌,攏會去予人挖挖出來。

範文華譯

人家說要害一個人最簡單的方法就是唆使他去選舉,到時候他所有祖宗八代什麼亂七八糟一切見不得人的事情,都會一一被挖出來。

台語	袂感變
拼音	bē tsheh-pìnn

華語	不知悔改

台語範文

伊真知彼个查埔是干焦欲愛伊的錢,予伊拍予伊拐錢為伊提囡仔幾若擺,閣看伊照常去搭別人,偏偏伊就是袂感變,毋甘放!

範文華譯

她明知道那個男人只是愛她的錢,被他打被他騙錢為他打了幾次胎,又看他照常去勾搭別人,偏她就是不知悔改,捨不得放!

台語	起痚呴
拼音	khí-he-ku

華語	勃然大怒

台語範文

伊的個性就是淺薄閣無耐心,佮人講代誌攏無欲和人好好仔參詳,兩句半話無佮意就起痚呴乒乓叫(pìn-piáng--kiò),敢若鬼拍著。

範文華譯

他的個性就是膚淺又沒有耐心,跟人家談事情都不肯跟人家好好的談,兩句話就大發雷霆,像被鬼打到!

台語	鬥頭的
拼音	tàu-thâu--ê

華語 姘頭

台語範文

　　翁問某：5 樓王太太個翁毋是過身去矣，拄仔我哪會看著伊佮一个查埔人手牽手有講有笑，某應講煞毋知彼個鬥頭的！

範文華譯

　　老公問老婆：5 樓王太太她老公不是過世了嗎？剛才我怎麼看她和一個男人手牽手有說有笑，老婆回說：你不知道那是她姘頭啦！

台語	唸套頭
拼音	liām-thò-thâu

華語 暗示

台語範文

　　這幾年伊足無愛轉去，因為伊便若轉去，老母就會一直佇遐唸套頭講伊的同學誰已經生兩个矣，誰嫁一个偌好額，目的就是叫伊緊嫁，聽著真煩。

範文華譯

　　這幾年她變得很不想回去，因為每次她一回去，老媽就一直對她暗示說她的同學誰生了兩個了，誰又嫁了一個多有錢啊，目的就是要她快點嫁，真的很煩！

台語	崎斜攄
拼音	kiā-siâ-lu

華語 斜坡

台語範文

　　阮三芝就是佇北海岸大屯山跤一片崎斜攄崎斜攄的所在，規鄉揣無一塊上一甲地的平洋，所以阮三芝的坪仔田上濟！

範文華譯

　　我們三芝就是在北海岸大屯山下一片斜坡上，全鄉找不一塊有一甲地的平地，所以我們三芝的梯田最多！

台語	欲含屁
拼音	beh kām-phuì

華語 有什麼屁用

台語範文

　　老母講你這馬讀國中矣，你較早細漢咧耍的遐的迌迌物仔，猶毋擲擲捒捒，留咧欲含屁？後生應講：彼攏是我的寶貝袂使共我擲捒捒！

範文華譯

　　老媽說你現在讀國中了，你小時候玩的那些玩具，還不都扔了，留著有什麼屁用，兒子說：那些都是我的寶貝，不准幫我丟了！

台語　欲啥步
拼音　beh sánn-pōo

華語　怎麼辦

台語範文

探聽阿君未娶某，心內暗爽暢一晡，
問君底時來看顧，偏伊毋來欲啥步。
想我人生的路途，哪通為伊來耽誤，
毋免為這來食苦，決心行向自由路。

範文華譯

得知使君未有婦，內心暗喜藏在肚，
問君何時上門來，偏他不從徒負負。
想我人生的路途，豈可為他來耽誤，
不需為這來吃苦，決心走向自由路。

台語　細條的
拼音　sè-tiâu--ê

華語　小筆的錢

台語範文

　　你較有錢，路邊擔仔這條細條的予我來處理就好，後回來去白玉樓彼較大條才交予你，按呢才袂去失著你大頭家的面子！

範文華譯

　　你比我有錢，這路邊攤的小錢我來處理就好，下回到白玉樓那大把的才交給你，這樣才不會失了你大老闆的面子！

台語	透風坪
拼音	thàu-hong-phiânn

華語 迎風面

台語範文

台灣是海島，一年週天有海風，起厝攏毋敢起佇透風坪，愛揣較閃風的所在，毋是親像西洋人，愛起佇視線好無遮無閘的所在；若無閃風嘛愛種竹部做竹圍較安全。

範文華譯

台灣是海島，一年到頭都有海風，蓋房子都不敢蓋在迎風面，要找避風的地方，不像西洋人，喜歡蓋在視線好景觀好的地方，如果沒有避風的地方也要種竹欉做竹圍比較安全！

台語	頂下厝
拼音	tíng-ē-tshù

華語 左右鄰居

台語範文

時代無仝，以早農業社會頂下厝的人出也相見入也相見，頂厝的雞公踏著下厝的雞母逐家攏看現現，關係足密切，無像這馬都市的人，仝一棟大樓鬥陣 30 年無相借問的嘛真普遍！

範文華譯

時代不同，以前農業社會左右鄰居每天進進出出都見得到面，不管什麼事大家都分享得到，關係很密切，不像現在都市裡，同一棟大樓住 30 年不相聞問的也很普遍！

台語　喙食緊

拼音　tshuì-tsiah-kín

華語　猴急

台語範文

囡仔自出世腹肚若枵就哭欲食奶，老母就緊共飼奶，若無就一直哭哭袂煞，養成伊喙食緊無耐心的習慣，愛慢慢仔共改過來才好。

範文華譯

小孩子一出生只要肚子餓就哭著要吃奶，做媽媽的就趕緊幫他餵奶，不然就一直哭個不停，養成猴急沒耐心的習慣，需要慢慢改過來才好！

台語　掣起來

拼音　tshuah--khí--lâi

華語　翹掉了

台語範文

伊歲頭濟閣帶一身軀病，血油血壓血糖逐項懸，偏偏閣鐵齒毋肯去注預防射，人攏注三支矣，伊一支都無注，閣愛出去賴賴趖，果然就去穢著，無三工就掣起來矣。

範文華譯

他年紀大又帶一身病，血脂血壓血糖樣樣高，偏偏又頑固不肯去打疫苗，人家都已經打完三劑他一劑都沒打，又喜歡到處跑，果然被傳染到，不到三天就翹掉了！

台語	粗糠柑
拼音	tshoo-khng-kam

華語　果肉無水份，乾巴巴的橘子

台語範文

寒天是食柑仔的季節，買柑仔的時你若無內行，有時會去買著粗糠柑，外皮看來嬌嬌，擘開一下食逐瓣都焦矕矕，無水份閣無甜分誠害。其實你若小注意咧就知，彼其實真好認，粗糠柑第一較粗皮，第二較輕，第三較有身，按呢講你就知！

範文華譯

冬天正是吃橘子的季節，買橘子的時候你若不在行，有時會買到乾巴巴的橘子，外表看起來光鮮亮麗，剝開一嚐每瓣果肉乾乾皺皺，沒有水分又不甜很難吃。其實你稍微注意就知道，那其實很好分辨，乾巴巴的橘子第一外皮粗糙，第二重量較輕，第三觸感較硬，這樣一講你就知道了！

台語	敧就曲
拼音	khi-tō-khiau

華語　心有成見自然錯怪

台語範文

阿梅的大家仔嫌伊門戶無對無歡喜伊入門，阿梅共翁講無要緊，我知伊敧就曲，為著家庭和諧我會使小讓一下，毋過有一个限度，超過我會變面，時到伊毋通講我無情！

範文華譯

阿梅的婆婆嫌她門戶不相襯不歡迎她進門，阿梅說沒關係，我知道她心有成見就會錯怪，為了家庭和諧我可以讓她一下，不過有個限度，超過我會翻臉，到時莫怪我無情！

台語 替人歪
拼音 thè-lâng-uai

華語 要死了，搞什麼

台語範文

　　伊收著網路買的一盒化妝品，包裝甲足功夫，一重仔閣一重，包甲密眮眮閣絚篤篤，害伊拆一晡拆袂開，氣甲講：替人歪包遐密是欲死。

範文華譯

　　她收到網購的一盒化妝品，包裝得很講究，一層又一層，包得密密麻麻的，害她拆半天拆不開，氣得說，要死了，包這麼緊要幹嘛！

台語 棧間仔
拼音 tsàn-king-á

華語 儲藏室

台語範文

　　一个家庭難免有一寡無地园的家私雜物，可比出國迫迌的行李箱、摒厝內的吸塵器、掃帚、寒天收起來的電風等等，若有一間棧間仔來收加真好。

範文華譯

　　一個家庭難免有一些沒地方放的器具雜物，好比出國旅行的行李箱、打掃用的吸塵器、掃把、冬天收起來的電風扇等等，若有一間儲藏室來收藏就很好！

台語　淊肚仔
拼音　làm-tóo-á

華語　大肚男

台語範文

　　下班轉到厝,老某就緊共講:對面淊肚仔彼間厝聽講欲賣,咱食暗飽緊來去佮伊講,我問講:是按怎欲賣,某講:聽講伊欲搬去公司宿舍,結果彼間厝真正予我買著!

範文華譯

　　下班回到家,老婆就急著告訴我:對面大肚男的房子聽說要賣,我們吃過晚飯趕快去跟他談,我問說:他為什麼要賣?老婆說:聽說要搬去公司宿舍,結果那房子果真被我買到!

台語　無消暢
拼音　bô-siau-thiòng

華語　不滿意

台語範文

　　人毋拄好去共你挨著爾,現場隨共你會失禮,閣講欲負責所有的費用,啊閣徛佇遐死死予你罵,攏無共你應一句,按呢你閣無消暢你是欲按怎!

範文華譯

　　人家不過是不小心跟你小小擦撞一下,當場跟你道了歉,又說願意負擔所有的費用,然後還站在那裡隨你罵也沒吭一聲,你這樣還不滿意,那你到底想怎麼樣!

台語	無羼脬
拼音	bô-lān-pha

華語　沒種

台語範文

阿興生做斯文，平常恬恬無愛插閒事，有一工班上上大尾的同學看伊古意笑伊無羼脬，伊氣著繼手捎一隻椅仔欲共擎，對方無疑悟伊會按呢煞去驚著！

範文華譯

阿興長相斯文，平常靜靜的不愛管閒事，有一天班上最大尾的同學看他老實笑他沒種，他氣起來順手抓一把椅子要砸他，對方沒料到他這個反應被他嚇到！

台語	無戲哼
拼音	bô-hìnn-hainn

華語　毫不在乎

台語範文

聽講董的個後生去澳門跋輸筊輸十幾億，董的足受氣，強強欲共個囝趕出去，是講伊財產幾若千億，了十幾億對伊來講，根本嘛無戲哼著！

範文華譯

聽說老董的兒子去澳門賭博賭輸十幾億，老董氣壞了，一直要把兒子趕出門，不過說起來老董家財幾千億，輸個十幾億，根本毫不在乎！

台語	無顫紊
拼音	bô-tsùn-būn

華語 紋風不動

台語範文

921 地動個遐規條街仔的厝東倒西歪連片倒，干焦個彼棟攏無顫紊著，為啥物，就是個兜的厝家己起的，真本真料，有夠堅固！

範文華譯

921 地震他們那裡整條街的房子東倒西歪整遍都倒，只有他們家紋風不動，為什麼，因為房子自己蓋的，真材實料，有夠堅固！

台語	無蹌疢
拼音	bô liòng-thìn

華語 身體不舒服

台語範文

這幾工足無閒，今仔開工代誌足濟，昨暗阮細疕的閣無蹌疢，發燒，實鼻，吵規暝，害我今仔日足忝。

範文華譯

這幾天很忙，才剛開工事情很多，昨晚我小兒子又人不舒服，發燒，鼻塞，吵一整晚，害我今天很累。

台語　硞起來
拼音　khok--khí--lâi

華語　關起來

台語範文

求神託佛你欲共神明講啥物？莫閣講啥物風調雨順國泰民安彼套傷臭濁，若是我我欲講：善有善報惡有惡報，保庇歹人攏硞起來上要緊！

範文華譯

求神拜佛你要跟神明說什麼？不要再說什麼風調雨順國泰民安那些太老套，若是我我會說：善有善報惡有惡報，壞人都關起來最重要！

台語　著囝疳
拼音　tióh-kiánn-kam

華語　為自己的小孩痴迷

台語範文

為著囝伊啥物都肯做，啥物都肯放，頭無梳面無洗嘛無要緊，伊有影是著囝疳，人講生一个囝痟三年，我看伊痟十年都不止！

範文華譯

為了小孩她什麼都願意做，什麼都捨得放，披頭散髮也無所謂，她真的是為自己的小孩痴迷，人家說：生個小孩要瘋 3 年，我看她是瘋 10 年不止！

台語　著老猴
拼音　tio̍h-lāu-kâu

華語　失智老人

台語範文

細漢的時聽著上怪奇的代誌就是阮後片厝的阿憯伯著老猴，彼時伊 80 外歲矣，身體誠勇，行徙無問題，毋過頭腦失精英，屎尿毋知臭，步步愛人顧，誠害！

範文華譯

小時候聽到最讓人吃驚的事就是我們後山的阿憯伯失智的事，那時他 80 多歲了，身體很健康，行走無礙，但頭腦壞掉，屎尿不知臭，處處要人照顧，很慘！

台語　著猴損
拼音　tio̍h-kâu-sńg

華語　發育不良

台語範文

查某囝無乖，到今三十外無嫁，閣生二个囡仔擲咧厝予阿媽炁，伙食費也款無齊勻，阿媽無法度，無錢變無輦，共二个孫飼甲著猴損著猴損！

範文華譯

女兒不乖，30 幾歲了還沒嫁，又生了兩個小孩丟在家給媽媽帶，伙食費也沒準備周全，做阿媽的沒辦法，沒錢就沒輒，把兩個孫子養得發育不良的樣子！

台語 開世人
拼音 khai-sì-lâng

華語 一輩子

台語範文

伊開世人毋捌鬥做厝內的工課，彼工竟然遐好心欲來鬥攄塗跤，
個某感覺伊足反常，問起來才知影原來是咧外口跋輸筊，閣輸甲足
大條！

範文華譯

他從來不曾幫忙做家事，那天竟然那麼好心要來幫忙拖地板，老
婆覺得他這樣很不正常，問起來才知道原來是在外面賭博賭輸了，而
且輸得很大！

台語 開新正
拼音 khui-sin-tsiann

華語 開年第一次挨揍

台語範文

你這个囡仔有影足無乖，你是感覺皮咧癢欠人共你開新正是無？
若是按呢，我來滿足你的心願！

範文華譯

你這個小孩真的不乖，你是皮在癢，欠人家給你一個開春第一次
挨揍嗎，如果是，我來滿足你的心願！

台語	雄戒戒
拼音	hiông-kài-kài

華語	惡狠狠

台語範文

兩蕊目睭雄戒戒，予我看著起毛穤，
問伊到底為啥代，伊嘛講無路哩來。

範文華譯

看他眼睛惡狠狠，讓我火大沒法忍，
問他到底是為甚，他也究竟講不真。

台語	蜂岫癭
拼音	phang-siū-ing

華語	蜂窩性組織炎

台語範文

阿成去紅頭嶼迌迌，走去藏水沫，毋拄好大腿去鑿著，頭起先伊無去注意，干焦提一个紅藥水清彩抹抹咧，結果煞腫甲足大摸，等轉來台灣去病院看講是蜂岫癭，差一步險死！

範文華譯

阿成去蘭嶼玩，跑去潛水，不小心大腿被扎到，原先他沒注意只用紅藥水隨便抹一抹，結果竟然腫得很厲害，等回到台灣去醫院看說是蜂窩性組織炎，晚一步差點死掉！

台語　解姑體
拼音　kái-koo-thé

華語　娘娘腔

台語範文

梁祝算來是悲劇，女子讀書古不容。
若是發生佇當今，英台毋免化男身，
免睪笑是解姑體，自由快樂四界趖。

範文華譯

梁祝算來是悲劇，女子讀書古不許。
若是發生在當今，英台不用化男身，
不會被笑娘娘味，自由快樂四處遊。

台語　路痕仔
拼音　lōo-hûn-á

華語　人踩出來的路跡

台語範文

伊少年愛著後山的阿月仔，逐工盤山過嶺去看伊，攏是行近路婁過樹林去，經過 20 冬後伊閣去，彼條路痕仔竟然猶佇哩。

範文華譯

他年輕的時候愛上後山的阿月，每天翻山越嶺去看她，都是穿過樹林走近路去的，20 年後他又去，原來那條路跡竟然還在！

台語　過跤身
拼音　kuè-kha-sin

華語　一轉身

台語範文

食老誠害，記持足穤，出門的時某共咱三叮嚀四交待，叫咱共買啥買啥，過跤身就三講四袂記，較想嘛想袂起來，緊閣敲電話轉去問才買會齊著。

範文華譯

老了很糟糕，記憶力很差，出門的時候老婆左叮嚀右交待，叫我幫她買這個買那個，一轉身就忘得光光，怎麼也想不起來，趕忙打電話回去問，才買得齊全！

台語　飽蜘蛛
拼音　pá-ti-tu

華語　飽足（肚子像蜘蛛般圓滾滾）

台語範文

早起去市仔買一寡包仔饅頭轉來，袂等甲晝我就趁燒推三粒落肚，到中晝的時阮某喊我食晝，我講我已經食三粒包仔飽蜘蛛矣，中晝免閣食矣！

範文華譯

早上去市場買一堆包子饅頭回來，等不及到中午我就趁熱吃了三個，中午老婆叫我吃午飯，我說我已經吃了三個包子肚子飽得像蜘蛛，中午不用吃了！

台語　摔大眠
拼音　siàng-tuā-bîn

華語　睡大覺

台語範文

接著男朋友這張批，伊看看咧攏無講按怎，干焦門關起來倒佇眠床頂摔大眠，三工無起來無食飯，厝裡的人叫伊伊嘛無應，因為伊心內有數，無向望矣啦！

範文華譯

接到男朋友這封信，她看完都沒有說什麼，只是把房門關起來倒在床上睡大覺，三天沒起床也沒吃飯，家裡的人叫她她也沒應，因為她心裡有數，沒希望了！

台語　摔大話
拼音　siàng-tuā-uē

華語　吹大炮

台語範文

俄羅的總統 Phū-Ting 真正拍毋著算，開戰進前伊摔大話講三工就欲予 UKrayina 投降，結果到今三個外月矣猶閣無贏面，舞甲伊家己強欲接載袂牢。

範文華譯

俄羅斯總統普丁真的是估算錯誤，開戰前他吹大炮說三天就要讓烏克蘭投降，結果到現在三個多月了還看不出有贏面，搞得他自己都快受不了了！

台語	敲虎羼
拼音	khà-hóo-lān

華語	吹牛打屁瞎扯蛋

台語範文

你問我講阮某是按怎佮意著我，我坦白共你講：我就是歕雞胿敲虎羼一流，才害伊煞著我，無嫁我就是袂使，代誌就是遮簡單！

範文華譯

你問我說我老婆是怎麼看上我的，我老實跟你講：我就是吹牛扯蛋功夫一流，逗得我老婆迷上我，非嫁我不可，事情就這麼簡單！

台語	糊牛屎
拼音	kôo-gû-sái

華語	自求多福

台語範文

做囡仔時代伊若生粒仔，個阿公就叫伊牛屎糊糊咧就好。大漢了後伊做頭家，下跤手有問題揣伊，伊嘛叫個家己去糊牛屎就好，意思就是叫個家己想辦法！

範文華譯

小時候他如果身上長個膿瘡，他阿公就叫他自己去找牛屎敷一下就好了。長大以後他當了老闆，底下的人有問題找他，他也是叫他們自己去敷牛屎，意思是自己解決好了！

台語　嬈尻川
拼音　hiâu-kha-tshng

華語　不甘寂寞

台語範文

伊立委做 5 屆矣，實在講欲連任無啥物問題嘛免啥開錢，毋過伊就是嬈尻川無出來拚縣長毋願，結果是了錢閣兼無面子！

範文華譯

他立委幹了 5 屆，老實說連任沒什麼問題，也不用花什麼錢，不過他就是不甘寂寞不出來選縣長不甘心，結果是花錢又沒面子！

台語　璇石喙
拼音　suān-tsio̍h-tshuì

華語　口齒伶俐能言善道

台語範文

老兄，你的口才有影勢，予我聽著吐喙舌，憑你這支璇石喙，欲叫林志玲予你做某，閣叫伊允你娶二个細姨，我看嘛無問題！

範文華譯

老兄，你的口才真的行，讓我聽得瞠目結舌，憑你這舌粲蓮花的口才，要讓林志玲嫁給你，還要讓她肯讓你討二個小姨太，我看也不會有問題！

台語	蝨母孫
拼音	sat-bó-sun

華語	曾孫（多如蝨子）

台語範文

人人講我上好命，蝨母仔孫算來百外名，
少年食苦為濟囝，老來做祖濟孫有名聲。

範文華譯

人人說我真好命，曾孫算來有百餘名，
年輕吃苦因為孩子多，老來當曾祖孫多好心情。

台語	調羹仔
拼音	thiâu-king-á

華語	宜蘭人說的湯匙

台語範文

講著阮宜蘭蓋特別，真濟話語阮家己設，
食飯配滷卵予恁笑飄撇，湯匙叫調羹仔才是孽。

範文華譯

說到我們宜蘭最特別，很多話語我們自己設，
食飯配滷蛋讓你們笑瀟灑，湯匙叫調羹才真是調皮。

台語　請祖公
拼音　tshiánn tsóo-kong

華語　粗話罵人

台語範文

拄著洘旱是姑不而將，淹田照輪愛互相體諒，毋通時間到拗蠻毋放予別人，閣開喙共人請祖公，按呢敢著你家己想看覓！

範文華譯

碰到乾旱是不得已，輪流灌溉要互相體諒，不要時間到不講理不給別人，還開口粗話罵人，這樣對嗎你自己想想看！

台語　磚棚仔
拼音　tsng-pênn-á／be-làn-lah

華語　陽台

台語範文

阿榮買新厝請阿公阿媽來，阿媽到位就趕緊四界巡巡看看咧，了後緊共阿榮講：對你的磚棚仔遮看出去看會著觀音山，風景有夠婿，阿公講是啊，徛咧 be-làn-lah 遮讚！

範文華譯

阿榮買了新房子請阿公阿媽來，阿媽一來就趕忙四處走走看看，然後跟阿榮說從你的陽台看出去看得到觀音山，風景好美，阿公說對啊，站陽台看夠美！

台語	頭牲仔
拼音	thâu-senn-á

華語	家畜

台語範文

以早田庄家家戶戶有飼雞仔鴨，以外猶有鵝仔閣有飼豬飼牛飼羊，這六項叫頭牲仔，合起來叫六畜，過年的時遮的頭牲仔的牢愛貼「六畜興旺」，啊若貼佇新婦房間，彼就足鬧熱喔！

範文華譯

以前鄉下家家戶戶養雞鴨鵝，還有豬牛羊，這六樣算家畜，合起來也算六畜，過年的時候他們的圈要貼「六畜興旺」，如果貼在媳婦房間，那就熱鬧了！

台語	濕一下
拼音	sip--tsit-ē

華語	小酌

台語範文

人生上快樂就是朋友弟兄相招路邊麵擔仔燒酒濕一下，豆干海帶豬頭皮一大盤，麥仔酒盡量乾，啉予馬西馬西偌好你敢知，啊若喝拳喝輸趁啉，喝贏趁爽攏嘛好！

範文華譯

人生最快樂的事，就是好朋友相約路邊攤喝兩杯，豆干海帶豬頭皮一大盤，啤酒盡量乾，喝個微醺有多爽，說到划拳，划輸賺到喝酒，划贏賺個爽，划贏划輸都好！

台語　燥嚗嚗
拼音　sò-piàk-piàk

華語　慾火高漲

台語範文

　　女網友和男網友相約見面，兩个鬥陣食飯啉咖啡開講，講甲真有味毋知通煞就相約紲落去鬥陣過暝，條件是袂使有性關係，結果當然是頭毛試火，少年人燥嚗嚗哪有可能照約束行！

範文華譯

　　女網友和男網友相約網聚，兩個人一起吃飯喝咖啡聊天，聊得起勁停不下來就相約一起過夜，條件是不能有性行為，結果當然是拿頭髮試火，年輕人慾火高漲，怎麼可能照約定走！

台語　講通和
拼音　kóng-thong-hô

華語　商量好

台語範文

　　因為疫情關係生理一直無蓋好，這回原料起遐雄，個市場內遮的做仝途的講通和，逐家攏欲共增加的成本家己吸收，決定無欲綴咧起價，就是驚去影響著生理！

範文華譯

　　因為疫情關係生意一直不很好，這回原料漲那麼兇，他們市場內這些同行商量好，大家決定增加的成本自行吸收，不跟著漲價，就怕影響到生意！

台語　謝聖恩
拼音　siā-sìng-un

華語　恩將仇報

台語範文

　　明明伊是佇台灣大漢，閣是佇台灣出名紅起來的，台灣的觀眾共伊捀場敢猶無夠，為啥物為著錢去到彼爿就共台灣謝聖恩，講台灣的歹話？

範文華譯

　　明明他是在台灣長大，又是在台灣成名紅起來的，台灣的觀眾對他的捧場還不夠嗎？為什麼為了錢去到對岸就對台灣恩將仇報，講台灣的壞話？

台語　轉話關
拼音　tńg-uē-kuan

華語　改口

台語範文

　　伊下班轉來喝腹肚枵，某趕緊剁一粒肉粽予伊食，食了伊問某講你是佗位買的粽那會遮頇顢縛？某共講是家己縛的，伊趕緊轉話關講好食！

範文華譯

　　他下班回來叫肚子餓，老婆趕快剁一顆肉粽給他吃，吃完他問老婆說你這是哪裡買的怎麼這麼不會包，老婆說：就我自己包的啊，他趕快改口說：好吃！

台語　雞債盲
拼音　ke-tsè-me

華語　夜盲症

台語範文

阮阿公出世佇戰前，拄搪物資上缺欠的年代，三頓不時食袂飽，營養不良致使致著雞債盲，暗時攏無看 --ē，後來漸漸生活改善才好去。

範文華譯

我阿公出生在戰前，碰到物資最缺乏的年代，三餐經常吃不飽，營養不良造成罹患夜盲症，晚上都看不到，後來生活漸漸改善才好！

台語　譜脈仔
拼音　phóo-meh-á

華語　一點皮毛而已

台語範文

講著醫學是萬底深坑，醫學院今仔出業不過是捌一个譜脈仔爾，紲落愛閣專科訓練一段時間，工夫欲學甲熟手，愛閣㤉學咧啦！

範文華譯

說到醫學是非常深奧的學問，醫學院畢業不過懂一點皮毛而已，接下來還要經過專科訓練一段時間，工夫要老練，還有得學的！

台語	關公眉
拼音	kuan-kong-bâi

華語	眉尾上揚的眉型

台語範文

伊快步踏入店內，兩蕊目睭向四角頭趕緊巡一遍，發見坐佇內角一个少年人，雖然書生打扮，毋過看伊兩眼有神，氣勢非凡，配一對關公眉看起來不怒而威！

範文華譯

他快步走入店裡，兩眼迅速環視四周，發現坐內側有一個年輕人，雖然書生打扮，不過看他兩眼有神，氣勢不凡，配一對關公眉看來不怒而威！

台語	懸低粒
拼音	kuân-kē-liap

華語	米粒軟硬不均

台語範文

市場新開一間油飯店，開始生理袂穤，結果賣無兩個月就收起來，聽講就是頭家貧惰，做的時油飯拌無工夫，予人客食著會懸低粒所致。

範文華譯

市場新開一家油飯店，剛開始生意不錯，結果賣不到兩個月就收了起來，聽說就是老闆偷懶，做油飯的時候翻炒不徹底，讓人吃了有時會米粒軟硬不均所致！

| 台語 | 躄覆向 |
| 拼音 | phih-phak-ànn |

華語　向前摔倒狗吃屎狀

台語範文

　　落雪天上好莫出門，若欲，愛有好的裝備，若無，一个毋拄好，毋是倒摔向跋甲四跤向上天，就是躄覆向喙齒摔斷幾若齒。

範文華譯

　　下雪天最好不要出門，如果要，要有好裝備，要不然，一個不小心，不是摔得四腳朝天就是摔個狗吃屎斷了牙齒！

| 台語 | 攑香的 |
| 拼音 | giah-hiunn--ê |

華語　信神佛的

台語範文

　　阿原炁女朋友去個兜共伊介紹予個厝裡的人，閣共個講伊是基督教徒，過了後阿媽共伊講：戇孫，咱是攑香的呢，恁按呢後擺鬥陣敢好？老母佇邊 -a 講：時代無仝矣無要緊！

範文華譯

　　阿原帶女朋友去他家把她介紹給家人，又跟他們說她是基督徒，過後他阿媽說：傻孩子，我們是拿香拜神佛的啊，你們這樣將來在一起好嗎，媽媽在旁邊說：時代不同了，沒關係！

台語	鰻根仔
拼音	muâ-kin-á

華語　細小的鰻魚／小流氓

台語範文

細漢的時捌綴大人去溪仔頭用蘆藤捶奶毒魚仔,蘆藤水會予溪底一寡細尾魚仔暫時昏去,有溪哥仔、狗鮔仔、烏鮕漉仔佮鰻根仔,攏會使抾轉去食,足歡喜的!

範文華譯

小時候曾經跟大人去溪流上游用蘆藤捶汁毒魚,蘆藤水會讓一些小魚暫時昏過去,有溪哥、狗鮔、黑鮕漉跟小鰻魚,都可以撿回去吃,很開心的!

台語	抾西魯
拼音	tu-sai-lóo

華語　辛苦對抗

台語範文

阿媽講二个新婦攏共孫放予伊𤆬,孫誠皮喝也喝袂聽,伊一个老人規工佮三个孫抾西魯,舞甲強欲起痟!

範文華譯

阿媽說兩個媳婦都把孫放給她帶,孫很皮叫也叫不聽,她一個老人整天對抗三個孫,搞得快發瘋!

全漢四字部

| 台語 | 迉佛公 |
| 拼音 | tshāi-pu̍t-kong |

華語　整天坐著不動像尊佛

台語範文

阿麗上慼個翁貧惰，便若下班轉到厝，抑是拄著歇睏日，攏是坐佇膨椅看電視，毋振毋動，伊無閒甲欲死，個翁也無欲鬥做一下仔工課，阿麗逐擺攏罵伊一箍若迉佛公咧！

範文華譯

阿麗最氣她老公很懶，每次下班回到家，或是逢到假日，都是坐在沙發看電視，動都不動，她忙得要死，老公幫都不幫一下，阿麗每次都罵他懶得像尊佛不會動！

| 台語 | 一好二好 |
| 拼音 | it-hó-jī-hó |

華語　交情非比尋常

台語範文

王議員佮張議員平仔是五連霸的老議員，算講是一好二好的老朋友，想袂到為著相爭欲選議長兩个人煞來拍歹，歸尾是舞甲敢若生份人相款，見面無相借問！

範文華譯

王議員張議員都是 5 連霸的老議員，算是交情非比尋常的老朋友，想不到為了搶著當議長壞了交情，最後兩人如同陌生人，見面不打招呼！

台語　一百輾迴
拼音　tsit-pah-lìn-thàng

華語　竭盡所能

台語範文

學校未畢業伊就開始揣頭路，去人力銀行登記，四界寄履歷表，請老師推薦，請朋友鬥𩙺酌，一百輾迴舞透透，嘛是猶揣無，真正是無奈！

範文華譯

學校還沒畢業他就開始找工作，去人力銀行登記，到處寄履歷表，請老師推薦，請朋友幫忙留意，想得到的方法都竭盡所能還是找不到，真的是無奈！

台語　七揷五扒
拼音　tshit-tshia-gōo-pê

華語　張牙舞爪高調罵人

台語範文

伊這个人有夠糞埽，有話攏無欲佮人好好仔參詳，磕袪著就是欲佮人七揷五扒冤家相拍，攏無半屑做人的修養，有夠厭氣。

範文華譯

他這個人有夠差勁，有話都不跟人家好好商量，動不動就張牙舞爪高調罵人找人吵架，沒有半點做人的修養，真是丟臉！

台語　十八世紀
拼音　ts̍ap-peh sè-kí

華語　過時落伍

台語範文

查某囝共老母抗議講：啥物時代矣你閣叫我暗時袂使出門，穿裙愛崁跤頭趺，男朋友愛先𤆬轉來予你看，你有影 18 世紀的頭腦，我無欲插你！

範文華譯

女兒跟老媽抗議說：都什麼時代了你還叫我晚上不准出門，穿裙子要蓋到膝蓋，男朋友要先帶回來給你看，你真的是 18 世紀的腦袋，我不想理你！

台語　三代冤家
拼音　sam-tāi uan-ke

華語　世仇

台語範文

議會兩派為著選議長拍歹感情，袂輸三代冤家誓不兩立，坐位的時分兩爿無相倚，食飯的時坐無仝桌無咧敬酒，好歹事雙方嘛準毋知無咧相佮；其實個是仝黨的！

範文華譯

議會兩派為了選議長壞了感情，好比世仇誓不兩立，坐的時候分兩邊不靠近，吃飯不同桌互不敬酒，黑白事就當不知道不來往，其實他們是同黨！

台語　三節六曲
拼音　sann-tsat-la̍k-khiau

華語　躬腰駝背

台語範文

　　我上課相連紲兩三點鐘免歇睏，下晡閣紲甲下暗，學生仔攏講我精神誠好，事實嘛是有影，毋過我行路的時阮某不時笑我三節六曲無精神，哪會差遐濟？

範文華譯

　　我上課連續兩三個鐘頭不用休息，下午可以連續到晚上，學生都說我精神好，事實也是如此，不過我走路的時候老婆老喜歡笑我躬腰駝背沒精神，怎麼差這麼多！

台語　水流破布
拼音　tsuí lâu phuà-pòo

華語　走到哪聊到哪，都忘了回家

台語範文

　　隔壁王太太囡仔攏大漢矣，翁閣愛上班，伊一个人閒閒無代誌做，就厝邊頭尾四界揣人開講，這間講煞紲彼間，若水流破布㾀款，著愛等欲暗個翁欲轉來，伊才有甘願轉去，所以阮某上驚伊來阮兜揣伊！

範文華譯

　　隔壁王太太小孩都大了，老公又要上班，她一個人閒著沒事，就左鄰右舍四處串門子，這家串完串那家，像水流破布一般，要等到天快黑了，老公要回來才甘心回去，所以老婆最怕她來我們家找她！

台語 大本乞食
拼音 tuā-pún khit-tsiáh

華語 捧著金飯碗要飯

台語範文

公司明明土地足濟园咧閒，竟然辦公大樓用租的閣銀行借足濟錢，員工的福利嘛佮同業袂比並的，有影足厭氣，敢若大本乞食！

範文華譯

公司明明土地很多都閒著，竟然辦公大樓用租的，銀行也借了很多錢，員工的福利和同業也沒得比，真是捧著金飯碗要飯，好丟臉！

台語 大向小向
拼音 tuā-ǹg sió-ǹg

華語 認真期待

台語範文

伊講彼時個老爸一直叫伊去讀護理學校，就是大向小向向望伊出業了做護士，看有機會去嫁一個醫生無？

範文華譯

她說那時她老爸一直叫她去讀護理學校，就是認真期待她畢業以後當個護士，看看是不是有機會嫁個醫生！

台語 不顛不怪
拼音 put-tian-put-kuài

華語 不正經，愛耍寶，愛做怪

台語範文

叫伊正經伊不顛不怪，叫伊做事伊處處幫敗，
叫伊表演伊毋敢上台，論甲真就是毋成躼菜。
這種的跤數有影足害，去甲佗就是無人敢愛。

範文華譯

叫他正經他老愛耍寶，叫他做事他都做不好，
叫他表演他不敢上台，說實話就是半吊子料。
這種貨說來就是糟糕，到哪裡就都沒人敢要。

台語 大食小算
拼音 tuā-tsia̍h sió-sǹg

華語 吃很多拿很少，圖謀很大準備很少

台語範文

你逐擺攏大食小算，明明三百萬才有夠開的工程，你掠一百萬哪有夠，就親像咱出來食飯，明明 6 个人，你點 3 碗飯 4 个菜，哪食會飽？

範文華譯

你每次都胃口不小卻少算很多，明明 300 萬才夠的工程，你抓 100 萬怎麼夠，就好比我們出來吃飯，明明 6 個人，你點 3 碗飯 4 個菜，怎吃得飽！

台語 大家口眾
拼音 tuā-ke-kháu-tsìng

華語 大家庭

台語範文

民國 50 年代真濟台灣的查某囡仔愛嫁予外省的獨身仔，因為彼時台灣猶是農業社會，一般家庭普遍攏是大家口眾，頭喙濟，做有食無，飯碗歹揀！

範文華譯

民國 50 年代很多台灣女孩子都喜歡嫁給外省的光棍，因為那時台灣還是農業社會，一般普遍都是大家庭，人口多，苦多樂少，飯碗不好端！

台語 大蛇放屎
拼音 tuā-tsuâ pàng-sái

華語 慢吞吞

台語範文

伊做代誌就是勢趖，早時仔起床愛摸點外鐘才會當出門，梳妝打扮愛舞一睏足大睏，穿衫愛揀一晡，講話食飯嘛攏仝款，老母笑伊做代誌若大蛇放屎。

範文華譯

她做事情動作就是慢，早上起床要花一個多鐘頭才能夠出門，梳妝打扮也要搞很久很久，穿衣服要挑半天，講話吃飯也一樣，老媽說她做事像大蛇拉屎。

台語　不第不第
拼音　put-tē put-tē

華語　不起眼的人

台語範文

你莫看伊一个不第不第，閣騎一台 oo-tó-bái 舊相舊相 --ā，其實個兜是田僑仔，這條街仔一半是個的，伊本身是留美的博士，娶一个某偌媠咧！

範文華譯

你不要看他一個不起眼的人，又騎一台老舊的機車，其實他們家是大地主，這條街一半是他們的，他本身是留美博士，討一個老婆很漂亮呢！

台語　五形齊脫
拼音　ngóo-hîng-tsiâu-thuat

華語　變得不成人形

台語範文

人若逐工想空想縫欲害人，面相就會愈來愈歹看，心內講袂出喙的心思不知不覺會寫佇你的面，久去就五形齊脫毋成人樣，因為人講相由心生無毋著！

範文華譯

人若是整天想方設法要害人，面相就會越來越難看，內心講不出口的心思不知不覺會寫在臉上，久而久之就會變得不成人形，因為人家說相由心生沒有錯！

| 台語 | 五營五廳 |
| 拼音 | ngóo-iânn-ngóo-thiann |

華語　大張旗鼓，頭頭是道

台語範文

當初伊講甲五營五廳有跤有手，予人當做是真的咧，見真到伊的手頭遐濟年過去，一隻目睭蛀蚤都無看著，原來伊講的攏是出一支喙爾，這種市長有影有夠了然！

範文華譯

當初他講得有頭有腳頭頭是道，讓人以為是真的，實際上到他手上這麼多年過去，連一隻蒼蠅跳蚤都沒見到，原來他只是出一張嘴而已，這種市長實在很糟糕！

| 台語 | 天公仔囝 |
| 拼音 | thinn-kong-á-kiánn |

華語　天選之人

台語範文

人人講伊天公仔囝，天生比人較韌命，
坎坷失敗毋知疼，風雨雷電伊毋驚，
堅強勇敢向前行，因為徛王是伊的命。

範文華譯

人人說他是天選，不怕風雨和雷電，
坎坷失敗不可免，咬住牙根續向前，
成功失敗雖由天，仍要歡心和甘願。

台語　天拍天晟

拼音　thinn-phah thinn-tshiânn

華語　天生天養

台語範文

伊細漢老爸去南洋做軍伕，個阿公煩惱一下嘛按呢過身去，個兜無查埔人通趁食，連番薯簽都食袂飽，好佳哉天拍天晟伊無去餓死！

範文華譯

他小時候老爸去南洋當軍伕，他阿公傷心過度也死了，他們家沒有男人可以賺錢，連地瓜簽都吃不飽，好在天生天養沒讓他餓死！

台語　天烏一爿

拼音　thinn oo tsit-pîng

華語　天都黑了

台語範文

講著這个代誌天著烏一爿，陷害你的高太尉是皇上面頭前的紅人，官大勢大，喝水會堅凍，你林沖雖然武藝高強，畢竟毋是伊的對手，一條命保有牢算你好運。

範文華譯

說到這事天都黑了，陷害你的高太尉是皇上面前的紅人，官大勢大，跺跺腳水都會結凍，你林沖雖然武藝高強，畢竟不是他的對手，一條命保住了算你好運！

台語	手肚無肉
拼音	tshiú-tóo bô-bah

華語	手頭沒錢

台語範文

國校仔出業彼年我共阿爸討欲讀初中，阿爸講我嘛想欲予你讀較懸咧，毋過我都手肚無肉，飼恁這陣遮大陣都袂飽矣，欲閣讀冊我毋敢想，予你較委屈咧！

範文華譯

國校畢業那年我跟老爸要求想讀初中，老爸說我也想讓你們讀高一點，可是我能力不足，養你們一堆人都養不起，想讀書我不敢想，讓你委屈了！

台語	手銃囡仔
拼音	tshiú-tshìng gín-á

華語	頑皮鬼

台語範文

伊去學校讀冊無幾工，老師就敲電話來投講伊坐袂牢，愛從來從去，共這個共彼个，做手銃囡仔真無乖，老師講按呢予伊足頭疼！

範文華譯

他去上學沒幾天，老師就打電話來告狀說他坐不住，愛跑來跑去，作弄這個捉弄那個，做淘氣鬼很不乖，老師說讓她很頭痛！

台語　日本時代
拼音　jit-pún-sî-tāi

華語　過去的事

台語範文

阿公出世佇大正，少年嘛捌做壯丁，老爸出世佇昭和，人人叫伊阿三哥！阿媽講彼時上驚的是阿公予人叫去南洋做兵，好佳哉閣無偌久日本仔就轉去，是啊，彼攏日本時代的故事！

範文華譯

阿公出生在大正，年輕時當過壯丁，老爸出生在昭和，人人叫他阿三哥，阿媽說那時最擔心的是阿公被叫去南洋當兵，好在沒好久日本人就回去了，是啊，那些都是日本時代的故事！

台語　歹鬼焄頭
拼音　pháinn-kuí tshuā-thâu

華語　把人帶壞

台語範文

阿英講個翁自早足乖，暗時毋捌咧出門，就是去交著阿吉 --à 這陣歹朋友勢歹鬼焄頭，不時共招去食酒，閣串去攏是去彼號有粉味的所在！

範文華譯

阿英說她老公本來很乖，晚上不曾出門，就是去交了阿吉他們這一群壞朋友把他帶壞，經常找他去喝酒，還偏要帶他去有陪酒的地方！

台語	*毋成臊菜*
拼音	m-tsiânn-tsho-tshài

華語　四不像

台語範文

伊細漢真勢讀冊，古意閣乖巧，生做是一表人才，哪會大漢煞按呢無啥行正路，冊也讀無一个結果，頭路也無正經做，一支喙畫山畫水，變一个毋成臊菜的人！

範文華譯

他小時候很會讀書，個性老實又乖巧，長得是一表人才，怎麼長大以後卻沒走什麼正路，書也沒讀出什麼結果，工作也沒好好做，一張嘴巴四處招搖，變一個四不像的人！

台語	*毋成羹頓*
拼音	m-tsiânn kenn-tǹg

華語　粗劣的三餐飲食

台語範文

阿麗未嫁以前個兜日常的羹頓袂穲，今仔嫁予阿原的時家庭經濟較無遐好，為著儉錢，三頓食食會當儉盡量儉，儉甲不時攏毋成羹頓，伊實在足袂慣勢！

範文華譯

阿麗未嫁之前他們家的三餐飲食還不錯，剛嫁給阿原的時候家庭經濟沒那麼好，為了省錢三餐能省則省，省到很粗劣不成樣，讓她很不習慣！

台語	毋捌芳臭
拼音	m̄-pat phang-tshàu

華語	不知好歹

台語範文

以早阮大家仔猶佇哩的時，我不時攏會共嫌東嫌西，伊共咱關心咱嫌伊囉嗦，伊共咱鬥耗囡仔咱閣嫌伊無衛生，這馬想起來有影足毋捌芳臭！

範文華譯

以前我婆婆在的時候，我老是會對她嫌東嫌西，她對我關心我會嫌她囉嗦，幫我帶小孩又嫌她不衛生，現在回想起來實在太不識好歹了！

台語	半上路下
拼音	puànn tsiūnn lōo-ē

華語	走到半途

台語範文

老爸過身彼年伊讀高二，毋甘老母擔頭重，伊講無愛閣讀矣，伊欲去鬥趁錢，老母講你按呢半上路下放棄，敢袂傷拍損！

範文華譯

老爸過世那年他才讀高二，捨不得讓老媽負擔太重，他說他不想再讀了，要去幫忙賺錢，老媽說你這樣半途而廢，不會太可惜！

台語 另碗另箸
拼音 līng-uánn līng-tī

華語 另備餐具

台語範文

阿娟去受五戒了轉去愛持齋，師父有交代：三頓愛另碗另箸，才袂去佮別人的相濫，毋過鼎鍋仔用具若欲清愛家己攢，毋通叫別人的收起來！

範文華譯

阿娟去受完五戒回去開始吃素，師父有交代，三餐要自備餐具，才不會跟別人混在一起，不過鍋具若要乾淨要自備，不可以叫別人那一套收起來！

台語 生頭發尾
拼音 senn-thâu-huat-bué

華語 身上到處長瘡

台語範文

古早時代衛生穤，囡仔勢生頭發尾，阮隔壁有一个阿婆有祕方，伊攏掠螿蜍割肝捶來糊，抑是用杜蚓仔熁肉予囡仔食，真好用。

範文華譯

早年衛生不好，小孩子身上容易到處長瘡，我們隔壁有一個阿婆有祕方，她都抓蟾蜍割肝搗碎來糊，或用蚯蚓燉肉給小孩吃，很管用！

台語　目降鬚聳
拼音　ba̍k-kàng-tshiu-tshàng

華語　吹鬍子瞪眼睛

台語範文

人問講恁兩翁仔某結婚 50 冬敢毋捌冤家？翁講：有喔，我個性稞不時會對伊大細聲，某講：足簡單，伊若目降鬚聳，我跤蹬蹔落去伊隨恬去，所以冤袂起來。

範文華譯

有人問說你們兩夫妻結婚 50 年難道沒吵過架嗎？老公說：有喔，我個性不好經常會對她大小聲，老婆說：很簡單，他如果對我吹鬍子瞪眼睛，我一跺腳他馬上噤聲，所以吵不起來！

台語　目潲無圇
拼音　ba̍k-siâu bô khau

華語　瞎了狗眼

台語範文

逐家攏知影阿芬是董事長的外甥女仔，阿芬的男朋友欲升經理，你一定欲佮伊爭，講啥物你的學歷較懸，年資較深，你有影目潲無圇！

範文華譯

大家都知道阿芬是董事長的外甥女，阿芬的男朋友要升經理，你偏要和他爭，說什麼你的學歷比較好，年資比較深，你真是瞎了狗眼！

台語　囡仔豚仔
拼音　gín-á-thûn-á

華語　青澀少年

台語範文

伊雖然是一个 14 歲的囡仔豚仔，因為家境無好，干焦讀一个國校仔就無閣升學，毋過頭腦真巧閣骨力好喙，工課無嫌粗幼攏搶咧做，連鞭就得著頭家的器重。

範文華譯

他雖然只是一個 14 歲的青澀少年，因為家境不好，僅僅國小畢業就沒再升學，不過他頭腦聰明又認真嘴巴又甜，工作不論難易都搶著做，所以很快就得到老闆的器重！

台語　扞籬扞壁
拼音　huānn-lî huānn-piah

華語　舉步維艱

台語範文

伊的病拖足久矣，病院出出入入幾若擺，身體實在足虛，毋過伊無人通奉承，扞籬扞壁嘛愛起來加減作寡穡！

範文華譯

他的病拖很久了，醫院進進出出好幾次，身體實在很虛弱，不過他沒有人可以侍候，舉步維艱也要起來多少做點事！

台語　死狗賴貓
拼音　sí-káu luā-niau

華語　死皮賴臉

台語範文

　　人問阿麗講：你一个都市大漢的千金小姐，跤尖手幼，手不動三寶的人，是按怎迴甘願嫁來阮田庄遮食苦，阿麗講：煞毋知是阮翁死狗賴貓共我騙來。

範文華譯

　　有人問阿麗：你一個都市長大的千金小姐，細皮嫩肉，不曾操持過家務的人，怎麼會嫁來我們農家吃苦，阿麗說：還不是我老公死皮賴臉的把我騙來的！

台語　你兄我弟
拼音　lí-hiann-guá-tī

華語　酒肉朋友

台語範文

　　伊是孤囝愛人伴，四界結拜袂孤單，林投竹刺一大捾，鱸鰻狗鯊結規攤，你兄我弟伊上愛，戀錢甘願提夆開！

範文華譯

　　他是獨子愛結伴，四處結伙不孤單，難兄難弟一大串，豬朋狗友湊一攤，酒肉朋友他最愛，鈔票甘願讓人花！

台語 含身帶馬
拼音 hâm-sin-tài-má

華語 奮不顧身

台語範文

伊穿一身軀足大身軀去作穡,細漢囝嘛綴伊去邊--a 耍,忽然間看著個囝跋落去水圳,伊趕緊到底矣救人要緊,袂顧咧褪鞋褪衫就含身帶馬緊跳落去救!

範文華譯

他穿好大一身衣服下田去做事,小孩子也跟去旁邊玩,忽然他發現小孩子摔到水圳裡,情急之下顧不得脫衣脫鞋就奮不顧身跳下去救人!

台語 弄家散宅
拼音 lōng-ke-suànn-thėh

華語 妻離子散

台語範文

伊去彼爿做台商,無偌久就聽講趁著大錢,閣無偌久就聽講鬥著伊的祕書,閣來就齣頭誠濟,查某彼爿的兄弟姊妹一个一个入來公司,閣來就舞甲弄家散宅!

範文華譯

他去那邊做台商,沒好久就聽說賺了大錢,又沒多久就聽說跟公司的祕書搞在一起,再來就戲碼一齣齣上演,女方那邊的兄弟姊妹一個一個進了公司,再來就是妻離子散了!

台語　扭頭揙脰
拼音　ngiú-thâu-tsūn-tāu

華語　不甘不願狀

台語範文

叫你讀冊你毋認真，叫你去上班你毋認份，
叫你去嫁你喝無愛，叫你踮厝你扭頭揙脰，
你到底是欲按怎才甘願！

範文華譯

叫你上學你不認真，叫你去上班你不甘願，
叫你去嫁你說不要，叫你在家你又一付不甘不願的樣子，
你到底要怎樣才甘心？

台語　折頭折面
拼音　tsih-thâu tsih-bīn

華語　顏面盡失

台語範文

當初伊選著市長的時是贏對手 25 萬票，17.2 的拋數，第二擺連任
才贏對手 3000 幾票，每遍民調閣攏排尾名，有影折頭折面！

範文華譯

當初他選上市長的時候是贏對手 25 萬票，17.2 的拋數，第二次連
任才贏對手 3000 多票，每次民調排名又都墊底，真是顏面盡失！

台語 沐沐觸觸
拼音 bak-bak-tak-tak

華語 零零碎碎拖泥帶水

台語範文

逐家看伊升起來做總經理叫是伊是靠關係，其實毋是，伊佇公司基礎拍足在，因為伊啥物工課都做，技術部業務部攏做誠好，連總務部遐的沐沐觸觸的代誌伊嘛做甲誠婿氣！

範文華譯

大家看他升起來做總經理以為他是靠關係，其實不是，他在公司基礎打得很穩，因為他什麼工作都做，技術部業務部都做得很好，連總務部那些零零碎碎的工作也都做得很漂亮！

台語 皂烏漆白
拼音 tsō-oo-tshat-pèh

華語 抹黑

台語範文

這馬的戰爭除去用武器兵力恰科技咧拚生死以外，平常嘛有用足濟假消息共你皂烏漆白，對內部共你分化，予你的局勢袂穩定，伊通好共你毀滅！

範文華譯

現在的戰爭除了用武器兵力與科技拚生死之外，平常也有用很多假消息抹黑你，從內部分化你，讓你的政局不穩定，他好把你毀滅！

台語　赤跤大家
拼音　tshiah-kha ta-ke

華語　比真婆婆還惡的假婆婆

台語範文

彼个人毋是黨主席，毋過伊佇黨內逐工踅踅唸管頂管下，啥物都欲管，袂輸赤跤大家，害個的黨袂團結，足害！

範文華譯

那個人不是黨主席，可是他在黨內每天碎碎念管上管下，什麼都管，簡直是個惡婆婆，害他的黨不團結，真糟糕！

台語　兩跤查某
拼音　nng-kha-tsa-bóo

華語　寡婦

台語範文

伊自本是逐工閒閒無代誌做，好命甲有賰的董娘，自從十年前翁婿過身，伊一個兩跤查某姑不而將共公司扶起來扞，想袂到十年後營業額竟然增加 10 倍，有影足無簡單！

範文華譯

她原本是每天閒著沒事做，好命得要死的董娘，自從十年前老公死了，她迫不得已出來接棒，想不到 10 年後營業額竟然增加了 10 倍，確實不簡單！

| 台語 | 坦橫十字 |
| 拼音 | thán-huâinn sip-jī |

華語　橫七豎八

台語範文

去到山頂逐家攏忝矣，各人睏袋仔囊咧坦橫十字倒咧就睏，袂顧咧用 tent 矣。

範文華譯

去到山上大家都累了，各人套進睡袋裡橫七豎八躺著就睡，顧不得用帳篷了。

| 台語 | 姑姨舅妗 |
| 拼音 | koo-î-kū-kīm |

華語　表親的總稱呼

台語範文

阿蘭講個大官有 3 个姊妹，大家仔彼爿 5 个兄弟姊妹，伊家己 3 个阿舅 4 个阿姨，算起來姑姨舅妗一大堆，若拄著喪喜事，干焦佝遮的親情就佝甲強欲歪腰！

範文華譯

阿蘭說她公公有 3 個姊妹，婆婆那邊 5 個兄弟姊妹，她自己 3 個舅舅 4 個阿姨，算起來表親一大堆，若遇到喪喜事，光是這些就會讓你疲於應付！

台語　孤行獨市
拼音　koo-hâng-to̍k-tshī

華語　獨門生意

台語範文

想起以早有一个朋友叫 móo-lih，伊佇民國 55 年左右來阮三芝開電器行，代理三洋家電，因為是孤行獨市閣赴著時機，伊做人閣古意實在服務好，生理好甲會使講趁錢趁甲扲掞。

範文華譯

想到以前有個朋友叫摩利，他在民國 55 年左右來我們三芝開電器行，因為是獨門生意又趕上時機，而且他做人又老實誠懇服務好，生意好到賺錢賺到簡直想把錢拿去倒掉！

台語　戽水相噴
拼音　hòo-tsuí sio-phùn

華語　放馬過來

台語範文

生理逐家攏會當做，有競爭是正常的代誌，照步來，有公道，毋通出漚步就好，好歹總是愛擔輸贏，若無敢是欲戽水相噴？

範文華譯

生意大家都可以做，有競爭是正常的事情，照規矩，講公道，不出不正當招術就好，好歹總是要認輸贏，不然要放馬過來嗎？

台語　拐橐仔喙
拼音　kuái-lak-á-tshuì

華語　嘴巴好甜

台語範文

阿銘的喙上甜，免講嘛知影阿媽上惜伊，彼工伊幼兒園轉來，看著阿媽就緊共阿媽講：《阿媽我好愛你》，阿媽講你這支拐橐仔喙閣來拐阿媽橐袋仔的錢囉！

範文華譯

阿銘的嘴巴最甜，不用說也知道阿媽最疼他，那天他幼兒園回來，看到阿媽就趕緊跟阿媽說：阿媽我好愛你，阿媽說你嘴巴這麼甜，又來騙阿媽的錢了！

台語　放牛食草
拼音　pàng-gû-tsiàh-tsháu

華語　讓他自生自滅

台語範文

老爸講：我培養恁到大學畢業為止，此去我一人予恁 30 萬，看是欲創啥攏由在恁家己去發落，了後就是放牛食草，會死會活看恁家己，我攏無欲閣插恁矣！

範文華譯

老爸說：我培養你們到大學畢業為止，此後我一個人給你們 30 萬，要拿來幹嘛都由你們自行處理，然後就是放你們自生自滅，會死會活看你們自己，我不會再管你們了！

台語	沿路……沿路……
拼音	iân-lōo……iân-lōo……

華語　一邊……一邊……

台語範文

　　拍鐵國 --ā 講較早個兜足散赤，厝裡頭喙濟，食飯都袂當飽，所以伊 11 歲就予人送去學拍鐵，老實講就是為著厝裡會當減一个人食飯，伊佇遐是沿路拍鐵沿路讀冊，一直到國校仔出業為止！

範文華譯

　　打鐵阿國說他們家以前很窮，家裡人口多，吃飯都沒得飽，所以他 11 歲就被送去學打鐵，老實說就是要讓家裡少一個人吃飯，他在那裡就是邊打鐵邊讀書，一直到他國校畢業為止！

台語	泅風泅雨
拼音	siû-hong siû-hōo

華語　冒著強風暴雨

台語範文

　　為你毋驚風颱雨，泅風泅雨也無顧，
　　千里路途毋驚苦，為咱愛情的前途。

範文華譯

　　為你不怕颱風雨，強風暴雨也無懼，
　　千里路途不畏苦，都為愛情的路途。

台語　爬籬揭壁
拼音　pê-lî khiat-piah

華語　痛到要撞牆

台語範文

　　著癌聽講足疼，以早藥物較無發達，止疼用止疼藥仔甚至嗎啡攏無效，病人是疼甲哀天叫地閣爬籬揭壁，有影是死較快活！

範文華譯

　　罹癌聽說很痛，以前藥物比較不發達，止痛用止痛藥甚至嗎啡都無效，病人是痛到哭天搶地差點要撞牆，真的是生不如死！

台語　虯苦虯儉
拼音　khiû-khóo khiû-khiām

華語　省吃儉用

台語範文

　　虯苦虯儉晟你大，望你成器做大官，誰知戀团激散散，袂癮參人去盤擱！老身的苦啊！

範文華譯

　　節衣縮食養你大，望你成器當大官，誰知你偏裝傻傻，不肯與人相周旋，老身沒指望，心裡苦啊！

台語　阿娘仔行
拼音　a-niû-á kiânn

華語　走路像舊時代的姑娘

台語範文

喂喂喂，你嘛拜託一下，行路嘛較緊淡薄 --à 好無？毋通按呢阿娘仔行，親像驚去踏死狗蟻，規陣人等你一个，你敢袂歹勢？

範文華譯

喂喂喂，你嘛幫幫忙，走路走快一點好嗎，不要這樣子像個大姑娘，生怕踩死螞蟻一樣，整隊的人等你一個，你不覺得不好意思嗎？

台語　穿鞋擢襪
拼音　tshīng-uê tioh-be̍rh（同安腔）

華語　衣著整齊，刻意打扮

台語範文

阿發作穡人，平常是淺拖穿咧，oo-tó-bái 騎咧四界走，今仔日竟然穿西裝結 ne-khú-tái，一雙皮鞋閣拭甲金鑠鑠，隔壁阿財姆 --à 看著講：阿發你今日遐工夫，穿鞋擢襪是欲佗風騷？

範文華譯

阿發是幹勞力活的人，平常是穿拖鞋騎機車到處跑，今天竟然穿西裝打領帶，一雙皮鞋還擦得閃亮，隔壁阿財嫂看到說：阿發你今天這身打扮這麼講究，是要去哪兒騷包啊？

台語　品文品武
拼音　phín-bûn phín-bú

華語　找人較量

台語範文

結婚了後才知影伊這个翁原來是遐歹性地，磕袂著就欲佮人品文品武，尤其不時佇公共場所佮人大細聲，予伊感覺足見笑！

範文華譯

結婚之後才知道她這個老公原來是這麼壞脾氣，動不動就要跟人比個高下，尤其老是在公共場所跟人家大小聲，讓她真的感到很丟臉！

台語　奏喙小姑
拼音　tsàu-tshuì sió-koo

華語　愛打小報告的小姑

台語範文

老爸共查某仔講：恁大兄若娶某，兄嫂若入門，你是毋通做奏喙小姑，尻川後共恁老母投東投西，講人的歹話，害人大家新婦冤家！

範文華譯

老爸跟女兒說：你哥哥娶了妻，你嫂嫂進門，你不可以做那個愛打小報告的小姑，在你媽面前說人家的壞話，害人家婆媳吵架！

台語　指甲眉深
拼音　tsíng-kah-bâi tshim

華語　看重金錢的人

台語範文

阿霞生嬌,未婚的時追求的人足濟,會使對三重埔排列排甲大稻埕,偏偏伊指甲眉深,看錢重,看著個翁有錢來選著伊,這馬後悔已經袂赴矣!

範文華譯

阿霞長得漂亮,未婚的時候追求的人很多,可以從三重埔排隊排到大稻埕,偏偏她指甲月暈很深,看錢比較重,看她老公有錢就選上他,現在後悔已經來不及了!

台語　查某囝賊
拼音　tsa-bóo-kiánn-tsha̍t

華語　女兒賊

台語範文

阿嬌外家較好額,伊這馬少年翁仔某較欠錢,逐擺若轉外家就大拖細拖拖一堆欲提轉,夆笑是查某囝賊,其實彼攏是個老爸母疼-伊予伊的。

範文華譯

阿嬌的娘家比較有錢,她們年輕夫妻現在比較缺錢,所以每次回娘家就會大包小包拖一大堆回家,被笑是女兒賊,其實那都是她父母疼她給她的!

台語	相拄會著
拼音	sio-tú-ē-tiȯh

華語　總有一天等到你

台語範文

　　你罵我啥物我攏知，你按怎共我創空我嘛一清二楚，人講相拄會著，這馬你欲選舉，我叫一个細漢的去你的選區共你上一下 --a 後跤嘛拄好爾。

範文華譯

　　你罵我什麼我都知道，你怎麼搞我我都一清二楚，有道是總有一天等到你，現在你要參選，我派個小弟到你的選區扯你的後腿也是剛好而已！

台語	呧呧鬥鬥
拼音	ti-ti-tàu-tàu

華語　林林總總，夯不唧噹

台語範文

　　阿梅講伊上驚過過年，因為過一个年，愛攢一堆食的物件，愛共囡仔攢新衫，共外家厝攢伴手，愛送真濟禮閣攢一堆紅包哲年，過年了連鞭開學，愛共囡仔攢學費，呧呧鬥鬥愛開足濟錢，伊想著都煩惱！

範文華譯

　　阿梅說她最怕過過年，因為過年要準備年貨，要幫小孩準備新衣，幫娘家準備伴手禮，要送很多禮還要備很多紅包壓歲，過完年馬上開學，還要幫小孩準備學費，林林總總要花很多錢，她想起來就煩惱！

台語　看事辦事
拼音　khuànn-sū-pān-sū

華語　見機行事

台語範文

女朋友真勢假，欲共收服著愛用淡薄仔手段，尤其愛會曉看事辦事，干焦靠講乖巧聽話無效，有時愛較雄咧，該出手愛出手毋免驚！

範文華譯

女朋友很會假掰，要收服她需要有點手段，尤其要懂得見機行事，光靠說乖巧聽話沒用，有時要狠一點，該出手就要出手不要怕！

台語　限斤打兩
拼音　hān-kun tánn-niú

華語　處處設限

台語範文

I-tah 來台灣做看護真好運，照顧的阿媽真疼伊，三頓和阿媽食全款；陪阿媽出外食飯一人一份，愛食啥物閣予伊家己點，袂共限斤打兩！

範文華譯

I-tah 來台灣做看護運氣很好，照顧的阿媽很疼她，三餐和阿媽吃同樣的餐食，陪阿媽外出吃飯是一人一份，愛吃什麼自己點，也不會對她處處設限！

台語	面摸親蔥
拼音	bīn-bong-tshin-tshang

華語	摸摸叨叨

台語範文

阮某問我講你一暗遐晏猶毋睏是咧創啥？我講我 10 點才下課，入門都超過 10 點半矣，閣洗一下手面，食一个點心，閣面摸親蔥一下，連鞭就翻點矣。

範文華譯

老婆問我說：你晚上那麼晚還不睡是在幹嘛？我說我 10 點才下課，回到家都超過 10 點半了，再洗把臉用個宵夜，然後摸摸叨叨的就過午夜 12 點了！

台語	風頭水尾
拼音	hong-thâu tsuí-bué

華語	艱困地區

台語範文

這句話原本是咧講大肚溪南岸漳濱地區的所在，彼个所在海風大歹種作，予人叫風頭水尾，連帶其他天然條件穤，佮伊全款無理想的所在嘛有人按呢講！

範文華譯

這句話原本是在講大肚溪南岸漳濱地區的地方，那裡海風大不好耕作，被人家稱做艱困地區，連帶其他天然條件不好，跟他同樣不理想的地方也有被人家這麼講！

台語　食竹篙桌
拼音　tsiàh-tik-ko-toh

華語　一頓飯吃老半天，像竹竿一般長

台語範文

以早我少年的時，便若朋友來鬥陣食飯，我就會參朋友那食那啉那開講，講甲比跤畫手喙角全泡，一頓飯兩三點鐘毋知通煞。阮某攏笑我講食竹篙桌，食飯時間像竹篙遐長！

範文華譯

以前我年輕的時候，只要朋友來一起吃飯，我就會和朋友邊吃邊喝邊聊天，聊到比手畫腳口若懸河，一頓飯吃兩三個小時還不願意散場。我老婆都笑我說吃竹竿桌，一頓飯吃老半天，像竹竿那麼長。

台語　食肥走瘦
拼音　tsiàh-puî tsáu-sán

華語　得不償失

台語範文

伊就是賭強愛面子，佇公司伊和秀芳兩个人啥物都搶，搶升官搶男朋友，最後共秀芳的翁嘛搶來，鬧甲去予公司開除，結果發見彼个人其實是一領皮好看爾，逐家笑伊按呢食肥走瘦敢會和！

範文華譯

她就是爭強好勝，在公司裡頭她和秀芳什麼都搶，搶升官搶男友，最後把秀芳的老公也搶來，鬧到被公司開除，結果發現那個人只是外表好看而已，大家笑笑她得不償失不划算！

台語　食較穤咧
拼音　tsiah khah bái leh

華語　休想

台語範文

查某囝共講欲結婚，伊共查某囝講：真簡單 2 个條件，結婚了後一個月孝親費 5 萬，過年紅包 10 萬就好，做會到我隨允你，查某囝直接應伊講：你食較穤咧！

範文華譯

女兒跟她說要結婚，她跟女兒說：很簡單兩個條件，結婚之後一個月孝親費 5 萬，過年紅包 10 萬就可以，做得到我馬上答應你，女兒直接回她說：你休想！

台語　食襃豬仔
拼音　tsiah-po-ti-á

華語　喜歡討拍的小孩

台語範文

阿榮細漢是予阿媽𤆬大漢的，阿媽疼孫毋甘教，有做毋著啥物代誌攏用好喙的，共阿榮倖甲變一个食襃豬仔，無襃無賞叫伊袂行！

範文華譯

阿榮小時候是阿媽帶大的，阿媽疼孫捨不得管教，有做什麼差錯都是好言來哄，把阿榮寵得像一個喜歡討拍的小孩，不哄不賞叫不動阿榮！

台語　食雙港奶
拼音　tsiàh siang-káng-lin

華語　左右逢源

台語範文

辜顯榮自本是台北城的小生理人，日本起山，台北城內眾人驚惶，伊家己討欲去迎日本兵入台北，就按呢抾著機會變日本紳士第一名，殊不知伊佮重慶蔣介石彼爿嘛是有通往，食雙港奶有夠奸！

範文華譯

辜顯榮原是台北城的小生意人，日本人登陸台灣，台北城內一片驚慌，他自告奮勇出城去迎日本兵，就這樣成了日本紳士第一名，殊不知他跟重慶蔣介石也有往來，左右逢源有夠奸詐！

台語　展甲餡流
拼音　tián kah ānn lâu

華語　炫耀得流油

台語範文

彼个市長上愛展，講甲一畚箕，做無一湯匙，親像頂回伊做一个《口罩販賣機》結果無人欲用，人伊嘛照常一四界提出來展，閣展甲餡流出來！

範文華譯

那個市長最喜歡吹牛，說得一大堆，做得沒兩樣，像上次搞那個什麼口罩販賣機，結果沒人用，他照樣四處拿出來現，炫耀得流油！

台語　海沙馬仔
拼音　hái-sua-bé-á

華語　招潮蟹

台語範文

　　阿珍佮老爸去海垗仔耍，看著海沙馬仔佇沙埔仔傱來傱去足心適，就共老爸講伊想著細漢小妹當咧學爬，規工蹛塗跤爬來爬去，看起來是毋是足成海沙馬仔！

範文華譯

　　阿珍跟老爸去海邊玩，看到招潮蟹在沙灘上跑來跑去很好玩，就跟老爸說，她想到正在學爬的么妹，整天在地板上爬來爬去，是不是也很像招潮蟹！

台語　烏舌白喦
拼音　oo-tsi̍h-pe̍h-liap

華語　胡說八道

台語範文

　　張宗榮老先覺講伊少年的時電影無字幕，外國電影需要有人現場綴咧說明，彼種工課叫辯士，說明的時冗早並無劇本通好看，攏是現場發揮，有時嘛是會烏舌白喦！

範文華譯

　　張宗榮老前輩說他年輕的時候電影沒有字幕，外國電影需要有人跟著說明，那個工作叫辯士，說明的時候事先並沒有劇本可以看，都是臨場發揮，有時也是胡說八道！

台語	烏龍踅桌
拼音	oo-liông-sėh-toh

華語	惡意扭曲顛倒是非

台語範文

　　為著阻擋台灣參加 WHA 世界衛生大會，世衛祕書長烏龍踅桌對外講台灣的政府攻擊伊的膚色，提一个無影的代誌攻擊台灣，掩崁袂見眾的陰謀！

範文華譯

　　為了阻擋台灣加入 WHA 世界衛生大會，世衛組織祕書長惡意扭曲轉移話題說台灣攻擊他的膚色，拿一個不存在的事情攻擊台灣，掩蓋他見不得人的陰謀！

台語	能大能小
拼音	lîng-tāi-lîng-siáu

華語	可大可小

台語範文

　　咱的風俗序大人過身愛做 7 个旬，其中 1357 是大旬，尤其 3 旬是查某囝旬愛工夫做，並且愛滿 7 工足才會使做，袂使斂，其他的旬欲閬幾工，欲做偌大，攏能大能小！

範文華譯

　　我們的風俗長輩過世要做 7 個 7，其中 1357 是大 7，尤其第 3 個 7 是女兒 7 要做講究，並且要滿 7 天才能做，其他的 7 要空幾天做要做好大，都可大可小！

台語　千富萬爛
拼音　tshian-pù-bān-nuā

華語　富到無極限

台語範文

為著對抗中國佇南太平洋的勢力，美國招英紐澳日組一个聯盟鬥出錢，畢竟美國嘛毋是千富萬爛，通世界伊欲做老大，一四界攏愛開錢，無人鬥出伊嘛接載袂牢！

範文華譯

為了對抗中國在南太平洋的勢力，美國邀英紐澳日組一個聯盟一起出錢，畢竟美國不是富到無極限，他要當世界霸主，到處要花錢，沒人幫忙他也受不了！

台語　衰甲用屧
拼音　sue-kah-lut-lān

華語　倒楣透頂

台語範文

彼工伊騎車出門，佇路口予一台計程仔挵著，跤斷去，車挵甲糜糜卯卯，閣予警察查著伊有食酒，愛夆罰一條足大條，有影衰甲用屧！

範文華譯

那天他騎車出門，在路口被一台計程車撞到，腳斷了，車被撞得一塌糊塗，又被警察查到他有喝酒，要被罰一大筆錢，真是倒楣透頂！

台語　袂過唡心
拼音　bē-kuè-leh-sim

華語　過意不去

台語範文

阿榮予伬某罵，自本起因是為著誤會，毋過伬某毋聽伊解說，愈罵愈綣拍，過無偌久，伬某較冷靜了後，家己感覺袂過唡心，煞閣來共伊好衰！

範文華譯

阿榮被他老婆罵，開始是為了誤會，不過他老婆不聽他解釋，越罵越起勁，過沒好久，他老婆冷靜了點以後，自己覺得過意不去，卻又過來跟他獻殷勤！

台語　起人起客
拼音　khí-lâng khí-kheh

華語　親切有禮貌

台語範文

阿旺 --ā 的新婦是草地人，看起來俶俶 --ā，逐家想講應接人客可能有較頂顢，結果彼工去伬兜發見人伊起人起客，誠親切閣誠好禮！

範文華譯

阿旺的媳婦是鄉下人，看起來有點土土的，大家原以為叫她接待客人會有困難，結果那天去他家，發現她非常親切有禮貌！

台語　骨頭冇去
拼音　kut-thâu phànn--khì

華語　骨質疏鬆

台語範文

人食老上驚跋倒，因為老人往往會因為營養無夠，抑是欠運動，抑是欠曝日，會造成骨頭冇去，一旦跋倒容易骨頭斷，斷了閣僫好，等若好已經半條命去矣。

範文華譯

人老了最怕摔倒，因為老人往往會因為營養不夠，或是欠運動，或是少日曬，造成骨質疏鬆，骨頭空洞，一旦跌倒骨頭容易斷，斷了不容易好，等好了也去了半條命。

台語　啥死老甕／啥死骨頭
拼音　siánn sí-ló-àng ／ siánn sí-kut-thâu

華語　什麼亂七八糟的東西

台語範文

你這个囡仔就是無乖，啥死老甕／啥死骨頭都拖拖轉來，鎮甲規个房間親像糞間，連一个跤路都無。

範文華譯

你這個小孩就是不乖，什麼亂七八糟的東西都拖回來，把房間塞得像垃圾堆，連個落腳的地方都沒有！

台語　捧屎抹面
拼音　phóng-sái-buah-bīn

華語　作踐自己

台語範文

Amy 的老母做生日，Amy 欲焄伊的男朋友去祝賀，結果前一工伊因為賣毒去予警察掠去，原因是伊欲趁錢買禮物，Amy 氣一下講你為著愛面子結果是捧屎抹面！

範文華譯

Amy 的老媽做生日，Amy 要帶男朋友去祝賀，結果前一天他因為販毒被警察抓去，原因是他為了賺錢買禮物，Amy 氣得說你為了愛面子作踐了自己！

台語　控臭頭疕
拼音　khàng tshàu-thâu-phí

華語　揭瘡疤，修理

台語範文

阿發為著食燒酒傷超過佮個某冤家，個某氣伊無乖，著感到底走轉去外家厝小張一下。隔轉工阿明就笑伊講：你猶毋緊去恁丈人遐予恁丈人爸 --ā 控一下仔臭頭仔疕咧！

範文華譯

阿發為了喝酒喝過頭跟老婆吵架，老婆氣他不乖，一怒之下跑回娘家消消氣。第二天阿明就笑他說：你還不趕快去丈人家，讓老丈人好好揭一揭你的瘡疤修理修理你！

台語	掩來扯去
拼音	am-lâi-tshé-khì

華語 截長補短

台語範文

疫情對公司的營收有真大的影響，可比客運部、旅遊部、餐廳部這三个部門攏了甲足悽慘，毋過貨運部煞大趁，掩來扯去猶是有成長，真正予你想袂到！

範文華譯

疫情對公司的營收有很大的影響，好比客運部、旅遊部、餐廳部這三個部門都虧得很慘，不過貨運部卻大賺，截長補短還是有成長，真的讓你想不到！

台語	淺籬薄壁
拼音	tshián-lî póh-piah

華語 簡陋的屋舍

台語範文

阿芬的後生共伊講：小妹的男朋友看起來無蓋正經，閣共臭彈講是一个頭家仔囝，有需要了解一下。阿芬就叫徵信社去查，查了後炁阿芬親身去看，原來是蹛佇一間淺籬薄壁的穩厝仔！

範文華譯

阿芬的兒子跟她說：妹妹的男友看起來不太正經，又吹說自己是個小開，有需要瞭解一下。阿芬就叫徵信社去查，查了之後就帶阿芬親自去看，原來是住在一間很簡陋的小房子！

台語　牽親挽戚

拼音　khan-tshin-bán-tshik

華語　沾親帶故

台語範文

選舉就是愛拜票，尾牙是上好的時機，人咧食尾牙，五路的侯選人攏來拜票，隨桌仔和逐家牽親挽戚，阿伯阿姆阿姨序大叫甲親呼呼！

範文華譯

選舉就是要拜票，尾牙是最好的時機，人家在吃尾牙，各方的候選人都來拜票，一桌一桌和大家沾親帶故，伯父伯母阿姨長輩叫得好親熱！

台語　粗喙野斗

拼音　tshoo-tshuì-iá-táu

華語　滿口粗話

台語範文

佇工地，逐家攏是做粗工--e，伊釘板模，其他閣有拗鐵仔的，毋過伊袂親像別人按呢粗喙野斗，歇睏就是恬恬仔掰伊的手機仔。

範文華譯

在工地，大家都是做粗工的，他釘模板，其他也有折鋼筋的，不過他不像別人那樣滿口粗話，休息的時候就是靜靜的玩他的手機！

台語	終晡短日
拼音	tsiong-poo-té-jit

華語　一天到晚

台語範文

一工甲暗毋讀冊，終晡短日揣無人，
毋是手機毋甘放，就是倒遘睏規工。

範文華譯

一天到晚不讀書，整天都找不到人，
不是手機不肯放，就是躺著睡整天。

台語	喙齒標標／暴暴
拼音	tshuì-khí pio-pio ／ pok-pok

華語　暴牙

台語範文

有一工，有一个人無代無誌去予一个日本仔警察搧一个喙頓，伊問彼个警察講：你哪會共我搧喙頓？彼个警察應伊講：搧你喙齒暴暴！這是咧形容以早日本仔警察愛拍人的笑話！

範文華譯

有一天，有一個人無緣無故被一個日本警察打了一個巴掌，他問那警察說為什麼打我，警察回他說：打你一嘴暴牙！這是形容以前日本警察愛打人的笑話！

台語 喝一下是
拼音 huah tsit-ē-sī

華語 一聲令下

台語範文

　　有人發見有毋成囡仔佇社區路口出現，對出入的查某學生無禮貌，社區的查埔囡仔聽著足受氣，攏走走出來喝一下是就圍倚去就共捎起來。

範文華譯

　　有人發現有個不像樣的年輕人在社區路口出現，對出入的女學生沒禮貌，社區的男孩子都很生氣，通通跑出來，一聲令下就圍過去把他抓起來了！

台語 單身隻馬
拼音 tuann-sin-tsiah-bé

華語 單槍匹馬

台語範文

　　單身隻馬入番營，番兵連營一山坪，
　　丁山膽在心頭定，欲掠番婆做某囝。

範文華譯

　　單槍匹馬進番營，番兵連營整山嶺，
　　丁山膽大心頭定，要抓番婆只為情。

台語　敧敧曲曲
拼音　khi-khi-khiau-khiau

華語　心眼多精於算計

台語範文

當初投票予伊的時感覺伊是土直的人，袂歪哥袂做歹袂假仙，久去才知影伊是敧敧曲曲的人，伊的真面貌佮伊外表所表現的完全無仝款，想起來有影誠可怕！

範文華譯

當初投票給他的時候感覺他是很率真的人，不會貪汙不會使壞不會做假，久了才知道他心眼多又精於算計，他的真面貌和他外表所表現的完全不同，想起來真的很可怕！

台語　無因致端
拼音　bô-in-tì-tuann

華語　平白無故

台語範文

有人無因致端去共人罷免，結果害人害家己舞甲悽慘落魄；嘛有彼號國家無因致端去侵略別人，結果嘛是舞甲袂收山，毋知欲按怎落台。

範文華譯

有人平白無故去把人罷免，結果害人害己搞得悽慘狼狽，也有那種國家平白無故去侵略別國，結果也是搞得無法收拾，不知道如何下台！

台語　無肌無膚
拼音　bô-ki bô-hu

華語　有氣無力

台語範文

伊開刀了 24 小時才啉牛奶，3 工後才會當食泔糜仔，10 工了後才會當食飯，出院轉到厝已經餓甲規个人無肌無膚軟 kauh-kauh ！

範文華譯

他開刀後 24 小時才喝牛奶，3 天後才可以吃稀飯，10 天後才讓他吃乾飯，出院回到家已經餓得有氣無力軟趴趴了！

台語　無話可語
拼音　bô-uē-khó-gí

華語　無法形容

台語範文

1670 年鄭氏王朝由伊的部將劉國軒所領導的兵馬將台中沙轆社幾百人的部落刣死甲賰 6 个人，鄭氏王朝的暴虐統治超過荷蘭，個的罪惡論真實在是無話可語！

範文華譯

1670 年鄭氏王朝由他的部將劉國軒所領導的兵馬將台中沙轆社數百人的部落殺到只剩 6 個人，鄭氏王朝的暴虐統治尤甚荷蘭，他們的罪惡實在是無法形容！

台語	無鼎無灶
拼音	bô-tiánn-bô-tsàu

華語	飯都沒得吃

台語範文

電視講台東有較早日本仔埋的黃金，有人申請欲去挖，我講彼時日本仔已經舞甲強欲無鼎無灶，百姓三頓強欲無飯通食，哪有黃金通好埋。

範文華譯

電視說台東有以前日本人埋的黃金，有人申請要去挖，我說那時日本人已經搞得快沒飯吃了，老百姓三餐不繼，哪有黃金可以埋！

台語	猴免弄矣
拼音	kâu bián lāng ah

華語	沒戲唱了

台語範文

公司五台船，一台牢佇上海，一台牢佇大連，一台牢佇洛杉磯，一台牢佇巴拿馬運河，盡賰這台若閣牢著，公司就猴免弄矣！

範文華譯

公司五艘船，一艘卡在上海，一艘卡在大連，一艘卡在洛杉磯，一艘卡在巴拿馬運河，僅剩這艘如果再被卡，公司就沒戲唱了！

台語　答滴仔龜
拼音　tah-tih-á-ku

華語　聒噪鬼

台語範文

伊自細漢就愛講話，逐工若目睭擘金就一支喙滴滴答答鬥咧一直講，講甲毋知通煞，對學校到出社會攏全彼个款，逐家攏共伊叫做「答滴仔龜」！

範文華譯

他從小就愛講話，每天睜開眼睛就一張嘴巴滴滴答答講個不停，從學校到出社會都那個樣，所以大家都叫他聒噪鬼！

台語　裂頭裂胿
拼音　lih-thâu lih-tāu

華語　四分五裂

台語範文

想袂到老頭家雄雄來過身，遐爾大篷的財產冗早也無共分予好，四个某 11 个囝一人佔一塊，公司予佣拆甲裂頭裂胿，將來欲按怎收煞想就煩惱，我看會好嘛袂原全！

範文華譯

想不到老頭家忽然就過世了，那麼龐大的財產事先也沒有分好，四個老婆 11 個小孩一人佔一塊，把公司搞得四分五裂，將來要怎麼收拾，想起來就苦惱，我想會好也沒辦法恢復原狀了！

台語	搶年搶節
拼音	tshiúnn-nî tshiúnn-tseh／tsueh

華語	逢年過節漲價搶錢

台語範文

過年到矣，菜哪會變遐貴？煞毋知搶年搶節，毋但菜貴，剃頭，計程仔嘛攏起價，這陣毋起欲等底時？

範文華譯

過年到了，菜怎麼變那麼貴，誰不知道逢年過節搶錢嘛，不只菜貴，理髮，計程車，也都跟著漲，這時不漲更待何時？

台語	會了袂盡
拼音	ē-liáu bē-tsīn

華語	沒完沒了

台語範文

講著伊會了袂盡，想著我目屎流津，
想彼時山盟海誓，到如今無要無緊。

範文華譯

談到他沒完沒了，想到我淚滴不盡，
憶那時山盟海誓，到如今不愛不惜。

台語　經經扴扴
拼音　kinn-kinn-keh-keh

華語　橫七豎八

台語範文

講個愛情的路途，實在滿腹的苦楚，
經經扴扴闖規路，想著到地面齊烏。

範文華譯

說到愛情的路途，實在滿腹的苦楚，
橫七豎八攔滿路，想得讓他很想哭。

台語　蜈蜞咬蛤
拼音　ngôo-khî-kā-kap

華語　一擁而上亂成一團

台語範文

個五个兄弟姊妹，便若歇睏日就會各人駛一台廂仔車載五家伙仔
出來做伙迌迌，個包一間民宿，十幾个囡仔耍做伙，蜈蜞咬蛤耍甲厝
蓋都欲共夯起來！

範文華譯

他們五個兄弟姊妹，每次遇到假日就會各自開一台廂形車出來一
起玩，他們包一家民宿，十幾個小孩一擁而上亂成一團，把屋頂都要
掀掉！

台語	該老該壽
拼音	kai-ló kai-siū

華語　福壽雙全沒有遺憾

台語範文

親情朋友若有 90 以上自然往生，無去拖磨受苦著，若用華語來講彼叫：《福壽雙全》，用台語來講就是「該老該壽」毋免悲傷啦！

範文華譯

親戚朋友若有 90 以上自然往生，沒有拖磨受到苦，若用華語來講那叫：福壽雙全，若用台語講那就是「該老該壽」不用悲傷！

台語	跤跡會肥
拼音	kha-jiah ē-puî

華語　人潮就是錢潮

台語範文

台北人上艱苦的記持就是圓環佮士林夜市的改建，共圓環變無去，共士林夜市搬去遠遠閣共小食擔园咧地下室，自按呢攏火化去，因為跤跡會肥，無人踏跤到，肥一籛呼。

範文華譯

台北人最難過的記憶是圓環和士林夜市的改建，把圓環搞不見，把士林夜市搬到遠遠還把小吃攤放到地下室，就這樣兩個都完蛋，因為人潮就是錢潮，沒有人到哪來錢！

台語　較好心咧
拼音　khah hó-sim leh

華語　幫幫忙好嗎

台語範文

　　你嘛較好心咧，半暝半逐家攏睏矣，恁翁仔某自暗頭仔冤到今冤猶未煞，冤就冤閣抨椅捧桌拍囡仔拄數，攏無顧著別人的感覺，有影足過份呢！

範文華譯

　　你幫幫忙好嗎，半夜三更大家都睡了，你們夫妻從入夜吵到現在還沒有了，吵就吵還捧桌椅打小孩，都沒有顧及別人的感受，真的太過份了！

台語　滾磳挨滾
拼音　kún-lún-tsūn-kún

華語　捲曲／糾結

台語範文

　　伊足愛跳舞，偏偏跤手昏鈍頂顢跳，跳 bu-lú-suh 佮 thián-goh 猶會當囥變囥變，啊若跳 lùn-bah 的時，伊和舞伴兩雙手就不時會舞甲滾磳挨滾敨袂開！

範文華譯

　　他喜歡跳舞，偏偏手腳不靈光，跳勃露斯和探戈還可以應付應付，要是跳倫巴就經常和舞伴把兩雙手絞在一起解不開！

台語　認一路直
拼音　jīn tsit-lōo tit

華語　本本份份

台語範文

伊無背景，讀冊頂顧無喙花，這世人就是認一路直，專心做食的，對學師仔開始，到路邊排擔仔，一直到這馬開餐廳，伊一直認真做這途。

範文華譯

他沒有背景，不會讀書口才不好，這輩子就是本本份份，專心做吃的，從學徒開始，到路邊擺攤，一直到現在開餐廳，他一直認真做這一行。

台語　撩天割角
拼音　liâu-thian-kuah-kak

華語　無法無天，為所欲為

台語範文

原是逍遙美猴王，祖師傳我蓋世狂，
撩天割角無敵手，鬧過東海鬧天宮。
無疑玉帝請如來，無邊佛法拜下風，
五百年過將我放，取經西天助三藏。

範文華譯

原是逍遙美猴王，祖師傳我蓋世狂，
無法無天無敵手，鬧過東海鬧天宮。
誰料玉帝請如來，無邊佛法拜下風，
五百年後將我放，取經無我不為功。

台語　盤古開天
拼音　phuân-kóo-khai-thian

華語　最原始的時候

台語範文

阿原共阿芬表白愛意，阿芬就坦白問伊講：你自本佮意的敢毋是阿麗？阿原緊用足正經的面色共阿芬講：哪有，我是自盤古開天佮意的就是你！

範文華譯

阿原跟阿芬表白愛意，阿芬就很坦白的問他說：你原本喜歡的不是阿麗嗎？阿原趕緊擺出最正經的臉色回答阿芬說：哪有，我是從盤古開天喜歡的就是你啊！

台語　擔蔥賣菜
拼音　tann-tshang-bē-tshài

華語　販夫走卒，擺攤賣菜

台語範文

人講：甘願擔蔥賣菜，毋願佮人公家翁婿；意思是講嫁一个散赤人做某較贏過予好額人做細姨，這就是咱台灣查某人的志氣，散赤無要緊，尊嚴較重要！

範文華譯

人家說：寧願做販夫走卒擺攤賣菜，不願意跟人家共享夫婿，意思是說嫁一個窮苦人家勝過當有錢人的小三，這是我們台灣女人的志氣，貧窮不要緊，尊嚴比較重要！

台語	槖個束個
拼音	lok-kò sok-kò

華語 有的沒的

台語範文

個兩翁仔某攏咧上班，平常攏無閒，囡仔恚去寄老母，三頓就食外口解決，拄著歇睏日就趕緊車駛咧去大賣場，槖個束個款一堆轉來！

範文華譯

他們兩夫妻都在上班，平常都沒空，小孩帶去託給老媽帶，三餐就在外面吃，遇到假日就趕忙車子一開到大賣場，有的沒的買一堆回來！

台語	橫行直搪
拼音	huâinn-kiânn-tit-tng

華語 橫行霸道

台語範文

以早人講屏東是烏道的故鄉，因為彼當時屏東出一个議長橫行直搪當天白日拍死人，警察都毋敢管，足見笑，縣長本身是警察出身，嘛無處理，後來是別縣市的人出面檢舉，代誌才出破！

範文華譯

以前人家說屏東是黑道的故鄉，因為那時屏東出一個議長橫行霸道大白天當眾打死人，警察都不敢管好好笑，縣長本身也是警察出身也沒處理，後來是別縣市的人出面檢舉，事跡才敗露！

台語　激之成之
拼音　kik--tsi sîng--tsi

華語　激勵以成

台語範文

辛苦 5 冬，伊出國去美國東海岸提著一間名校的博士轉來。其實伊有家己的家庭事業，自本並無這個意向，是因為女朋友共講個老爸嫌伊無留學閣無博士，伊才會遮拍拚，激之成之啊！

範文華譯

辛苦 5 年，他去美國東海岸拿了一家名校的博士回來。其實他有自己的家庭事業，原本並沒有這個意願，是因為女朋友告訴他說她老爸嫌他沒留學沒博士，他才這麼努力，受到激勵以成啊！

台語　瞞官騙鬼
拼音　muâ-kuann-phiàn-kuí

華語　欺騙到底

台語範文

彼工為著一个小代誌，個某袂爽就共伊講：你自從去交著彼个查某了後就一直對我瞞官騙鬼到今，你當做我毋知？無要緊我有防你，恁祖媽字紙攏捏咧手，欲離做你！

範文華譯

那天為了一點小事，老婆不爽就跟他說：你自從交了那個女人之後，就一直對我欺騙到底到現在，你以為我不知道？沒關係我有防你，老娘我所有權狀都抓在手上，要離隨你！

台語	羼脬捏咧
拼音	lān-pha tēnn leh

華語　硬著頭皮

台語範文

女朋友共伊講，個老爸叫伊去，愛伊當面親喙共講，伊將來欲按怎疼惜個查某囝。伊雖然感覺按呢有淡薄仔較艱難，毋過為著無欲予女朋友為難，伊嘛是羼脬捏咧乖乖仔去！

範文華譯

女朋友跟他說，她老爸叫他去，要他當面親口告訴他，將來要怎麼疼愛他的女兒。他雖然覺得這樣子有點為難，但是為了不為難女朋友，他還是硬著頭皮乖乖的去了！

台語	褪褲來圍
拼音	thǹg-khòo lâi-uî

華語　脫褲子圍起來宣示這是你的

台語範文

遮敢恁兜？是按怎阮袂使來？若是恁的，你褪褲來圍啊，若無，你咧講啥？

範文華譯

這是你家嗎？為什麼我們不能來？如果是，你脫褲子來圍啊，要不然，你在說什麼？

台語　頭毛試火
拼音　thâu-môo-tshì-hué

華語　自己找死

台語範文

阮某誠奇怪，明其知影我是有歲的人，閣問我講哪會無看著我閣去跙七星山，我應伊講我跤頭趺袂堪得矣，到這號年歲身體是敗一項就減一項，無通好閣補轉來矣，毋通提頭毛試火！

範文華譯

老婆很奇怪，明知道我是有年紀的人，卻問我說怎麼沒看我又去爬七星山，我回他說我膝蓋不行了，到了這個年歲身體是壞一樣就少一樣，不會再補回來了，不要去自己找死！

台語　頭尖尾甪
拼音　thâu-tsiam bué-lut

華語　尖嘴猴腮

台語範文

老母一直講王董的後生偌優秀，個兜家境偌好拄偌好，毋過彼工看伊生做頭尖尾甪，彼个模樣予我對伊實在無興趣！

範文華譯

老媽一直說王董的兒子多優秀，他們家的環境有多好，可是那天我看他長得一副尖嘴猴腮的模樣，讓我對他實在沒興趣！

台語 頭殼一空
拼音 thâu-khak tsit-khang

華語 腦袋有洞

台語範文

你聽予清楚，伊講伊上欣賞你的學識佮氣質，紲來講個老爸著癌需要錢創病，彼就是欲騙你的錢你敢看無，伊咧欣賞你？敢欣賞你頭殼一空！

範文華譯

你聽好，她說她欣賞你的學識和氣質，接下來說她老爸得癌症要治病，這些都是要騙你的錢你還看不出來嗎？她欣賞你，欣賞你腦袋有洞啦！

台語 頭較大身
拼音 thâu-khah-tuā-sin

華語 得不償失

台語範文

朋友叫我去個兜載西瓜，愛偌濟家己去園仔挽，我算算咧，我一場工駛車去，往回嘛愛五六點鐘，工錢、油錢較濟過西瓜錢，袂輸頭較大身！

範文華譯

朋友叫我去他家載西瓜，要多少自己去園子裡摘，我算一算，我跑這一趟也要五六個鐘頭，工錢、油錢多過西瓜錢，真的會得不償失！

台語　頭燒耳熱
拼音　thâu-sio-hīnn-juah

華語　身體不舒服

台語範文

和男朋友煞了已經規十冬矣，看伊按呢就是決心無欲嫁矣，所有和人講親事的代誌伊一概無欲參人講，老母煩惱講你按呢食老若是有一个頭燒耳熱欲啥步？

範文華譯

和男朋友結束關係已經快十年了，看她的樣子就是決心不嫁人了，所有想跟她談的親事她一概不理，老媽擔心說你將來老了要有個身體不舒服的時候你要怎麼辦！

台語　鴨母管鵝（泉）
拼音　ah-bú kuán-giâ

華語　小的管大的

台語範文

規下晡小弟就一直來共媽媽投大兄的歹話，媽媽開始閣有好好仔共聽，尾 --à 媽媽聽濟矣，就應伊講：你莫閣一直鴨母管鵝好無！

範文華譯

整個下午弟弟就一直來媽媽這裡投訴哥哥的壞話，開始的時候媽媽還有認真的聽他講，後來聽多了，媽媽就告訴他說：你不要再一直來小的管大的好嗎？

台語 　搝鼻糊的
拼音 　tshìng-phīnn-kôo--ê

華語 　鼻涕糊的豆腐渣工程

台語範文

頂回風颱才流去的彼板橋，經過重造完成猶未三個月，哪會這擺
風颱一陣大水又閣流去，敢是搝鼻糊的？

範文華譯

上回颱風才被沖走的那座橋，經過重建完成還未滿三個月，怎麼
這次颱風一陣大水又被沖走，難不成是用鼻涕糊的嗎？

台語 　蟧蜈漩尿
拼音 　lâ-giâ suān-jiō

華語 　唇部疱疹

台語範文

今仔日同窗會逐家看阿珍喙唇腫腫閣有足濟水疱仔，逐家就共詼
講：是毋是佮翁相唚傷出力，去予翁共你咬著？阿珍笑講：煞毋知是
蟧蜈漩尿才會按呢啦！

範文華譯

今天同學會大家看阿珍嘴唇腫腫又有很多水泡，大家就開她玩笑
說：是不是跟老公親嘴太用力被老公咬到，阿珍笑說：還不是長腳蜘
蛛撒尿造成的啦！

台語　雙手戽蝦
拼音　siang-tshiú hòo-hê

華語　兩串香蕉

台語範文

出差落南來到遮，公事辦煞想講順紲來去拜訪老朋友，歹勢雙手戽蝦無禮數，紮一捾伴手隨身毋敢無！

範文華譯

南下出差來到這裡，公事辦完想說順便去看個老朋友，不好意思兩串香蕉空手去，帶個伴手禮不能少！

台語　雞母狗仔
拼音　ke-bó-káu-á

華語　形同人偶無足輕重的人

台語範文

董事會 15 个董事，包括官方派的獨立董事，閣加一个監事會 7 个監事，一陣人宛然是雞母狗仔仝款，管一个董事長管無法咧，出在伊橫行直搒，有夠悲哀。

範文華譯

董事會 15 個董事，包括官方派的獨立董事，再加一個監事會 7 個監事，一群人宛如一堆人偶管不動一個董事長，由他橫行無阻，實在悲哀！

台語　嚨喉鈴仔
拼音　nâ-âu-lîng-á

華語　喉結

台語範文

看彼个人生做柴工柴工，講話聲喉粗粗 --a，行路大大步，剃一个 5 分仔頭，穿一領 T-sioh 疊牛仔褲，某問我講：你看彼个人是查埔抑是查某，我講：也袂曉看伊嚨喉有嚨喉鈴仔無？

範文華譯

看那個人身形沒有曲線，講話聲音低沉，走路大步邁進，剃一個平頭，穿個 T 恤加牛仔褲，老婆問我那個人是男是女，我說你何不看他脖子上有沒有喉結？

台語　騙請害餓
拼音　phiàn-tshiánn-hāi-gō

華語　招待不周

台語範文

較早阮兜若請人客，食飽了阮阿媽攏會講：歹勢歹勢，無啥物好料款待，害恁食無飽，予我騙請害餓，我心內會想講明明一桌頂攏魚魚肉肉，阿媽你哪會按呢講？

範文華譯

以前我家如果請客，吃飽了以後我阿媽就會講：不好意思沒什麼好東西款待，害你們沒吃飽，招待不周，我心裡會想，明明一桌都是魚肉，你幹嘛這麼講？

台語　歡喜趒撥
拼音　huann-hí-tiô-puah

華語　興高朵烈

台語範文

　　王議員踏入服務處就歡喜趒撥共逐家宣佈，講個後生已經同意伊共婚禮辦予足鬧熱，順紲免費大請客通好答謝選民，後生原本堅持干焦辦登記就好，姑情足久才答應！

範文華譯

　　王議員一踏入服務處就歡天喜地跟大家宣布，說兒子已經同意他把婚禮辦得很熱鬧，順便免費大請客好答謝選民，兒子原本堅持光辦登記就好，跟他好言勸說好久才答應！

台語　鱟跤鱟蟯
拼音　hāu-kha hāu-giô

華語　笨手笨腳

台語範文

　　伊天生反應慢跤手昏鈍，做兵的時足悽慘，班長教步銑的分解的時，別人咧學足緊，伊鱟跤鱟蟯舞一晡學袂曉，逐擺攏夆罰！

範文華譯

　　他天生反應慢動作遲純，當兵的時候很慘，班長教步槍分解的時候，別人學很快，他笨手笨腳搞半天學不會，每次都被罰！

台語　戇囝飼爸
拼音　gōng-kiánn-tshī-pē

華語　傻兒養爸

台語範文

　　阿輝四个後生頭前三个攏足才情，培養甲大學閣留學，這馬二个佇美國，一个去中國做生理，干焦賰細漢的這个，較無讀遐懸，留佇厝裡，阿輝怨嘆講：戇囝飼爸啦！

範文華譯

　　阿輝四個兒子前面三個都很有才，培養到大學又留學，現在兩個在美國，一個在中國做生意，剩下小的這個，書沒讀那麼多，留在家裡，阿輝怨說：傻兒養爸啦！

全漢五字部

台語	一好佮一騃
拼音	tsit-hó kah tsit gâi

華語	相生相剋，長短互補

台語範文

　　阿明人頇顢，趁錢度家己一身泏仔好，好佳哉人講一好佮一騃，伊頇顢罔頇顢，人乖得人疼，娶著一个好某，是藥劑師，家己開一間藥房，飼一家伙仔冗剩冗剩。

範文華譯

　　阿明沒什麼本事，賺錢勉強養自己，好在天生萬物相生相剋長短互補，他沒本事是沒本事卻乖得惹人疼愛，娶了一個好老婆，是個藥劑師，自己開業，養一家綽綽有餘！

台語	人到物就到
拼音	lâng kàu mih tō kàu

華語	人到禮物也跟著到

台語範文

　　新婦外家彼爿的親姆來相揣，捾甲大个細个，這爿對頭親姆講：你遐工夫，人來就好捾遐濟物件，彼爿就應講：啊都攏家己種的，想講人到物就到啦！

範文華譯

　　媳婦娘家的親家母來訪，提著大包小包的，這頭的親家母就說：你來就好，拿那麼多東西幹嘛，對方就說，不都是自己種的嘛，人到禮物也跟著到啊！

台語　一倚一托手
拼音　tsit khiā tsit thuh-tshiú

華語　一個身長加伸一個手的高度

台語範文

阮孫大漢矣，身懸堂堂 182 公分，我這个阿公食老倒勼，少年 167，這馬賰 164，並阮孫足足減有 18 公分，倚佇伊身軀邊，伊的懸度拄仔好有我的一倚一托手遐懸。

範文華譯

孫子長大了，身高堂堂 182 公分，我這個阿公老了縮水，年輕時 167，現在剩 164，比孫子足足矮了 18 公分，站在他身邊，他的高度剛好我的身長加伸一個手那麼高。

台語　天欲落紅雨
拼音　thinn-beh-lóh-âng-hōo

華語　天要下紅雨哪有可能

台語範文

個大家仔開世人毋捌鬥紇囡仔，今仔日天欲落紅雨矣竟然走來抱孫，原來是個查某囝欲借錢，伊假好心來佮我好衰，想講我會去感動著去借錢予個查某囝！

範文華譯

她婆婆從來不曾來幫忙帶小孩，今天天要下紅雨了竟然跑來抱孫，原來是她女兒要借錢，她假好心來討好我，以為我會感動而借錢給她女兒！

台語	水雞空內惡
拼音	tsuí-ke khang lāi ok

華語	青蛙只在洞裡耍威風

台語範文

伊這个人就是水雞空內惡，佇厝裡歹衝衝，比誰都較大聲，出外去就乖 ioh-ioh，拄著歹人乖敢若狗，吠都毋敢吠！

範文華譯

他這個人就像青蛙只在洞裡大聲，在家裡凶巴巴耍威風，出外乖得像狗，遇到壞人，叫都不敢叫！

台語	去予鬼拍著
拼音	khì hōo kuí phah--tio̍h

華語	中了邪

台語範文

你是去予鬼拍著是無？無代無誌佇遐大細聲，有代誌愛好好仔參詳，大細聲袂當解決問題，只有代表欠人共你摁喙頓！

範文華譯

你是中了邪嗎，沒頭沒腦在那裡大小聲，有事好商量，大小聲解決不了問題，只代表欠揍而已！

台語　出一个手爾
拼音　tshut tsit-ê-tshiú niā

華語　舉手之勞

台語範文

論真伊的人有影足自私，以早伊咧困難的時，逐家攏足認真佮伊相佮。這馬伊日子好過矣，換別人有困難，需要伊鬥相共，叫伊出一下手爾，伊拍死都毋肯！

範文華譯

說起來他這個人真的很自私，以前他有困難的時候，大家都很認真的幫他忙。現在他日子好過了，換成別人有困難，叫他伸個援手，舉手之勞而已，他打死都不肯！

台語　功德做咧草
拼音　kong-tik tsò-teh-tsháu

華語　徒勞無功

台語範文

你驚恁囝飼袂起身，毋去好好仔請教醫生，用較科學的方法來改善，干焦會曉逐工叫伊食轉骨藥，閣逐暗逼伊讀冊讀到半暝，害伊睏眠不足，按呢敢毋是功德做咧草！

範文華譯

你怕你兒子發育不好，不去好好請教醫生，用比較科學的方法來改善，只知道每天叫他吃轉骨藥，又每天晚上逼他讀書讀到半夜，害他睡眠不足，那不是徒勞無功嗎？

台語　司公嚇死鬼
拼音　sai-kong hánn-sí-kuí

華語　聲勢壓人

台語範文

伊若佮人相諍，逐擺攏品大聲，聲勢足旺，掠著一點仔道理就一直共人挨，挨甲對手無才調辯解緊認輸，袂輸司公嚇死鬼！

範文華譯

他要跟人家爭吵，每次都比大聲，聲勢十足，然後抓到一點道理就拚命的往人家身上戳，戳到對手招架不住趕快認輸，他根本是靠聲勢壓死人！

台語　共喙講拄好
拼音　kā tshuì kóng tú-hó

華語　跟嘴巴求個情

台語範文

我就是愛食，以早少年的時講著食，較遠、較寒、風雨較大嘛泅出去。這馬濟歲矣，拄著遮寒的天氣，就會共喙講拄好，食宵夜就莫去矣啦！

範文華譯

我就是愛吃，年輕的時候說到吃，再遠、再冷、風雨再大也衝出去。現在年紀大了，碰到這麼冷的天，就會跟嘴巴求個情，吃宵夜的事就免了！

台語 好貓管百家
拼音 hó-niau kuán pah-ke

華語 愛管閒事

台語範文

阮母à是孤查某囝，伊招翁，厝伊咧扞，個老母做閒人，所以伊上愛罵個老母講伊就是好貓管百家，頂家下厝的代誌逐項都欲插透透。

範文華譯

我媽是獨生女，她招婿，家是她當家，阿媽當閒人，所以我媽最愛罵她媽說她就愛管閒事，左鄰右舍的事什麼都管！

台語 有功拍無勞
拼音 ū-kong-phah-bô-lô

華語 徒勞無功

台語範文

阿英翁死無偌久，阿財就來佮伊鬥，阿英個一家伙仔攏伊咧飼，毋過30年來個囝就是一直攏無認伊這个假爸，阿財真正是有功拍無勞。

範文華譯

阿英喪偶沒好久，阿財就來跟她同居，阿英一家都靠他來養，可是30年來她兒子就始終不認他這個假父，阿財真是徒勞卻無功！

台語　创豬母歕螺
拼音　thâi tir-bú pûn-ler（同安腔）

華語　殺個母豬也大肆慶祝

台語範文

老員外食甲七十外，孫都大漢矣，袂現世，娶一个後岫也佮人咧請人客，创豬母歕螺，敢毋驚夆笑死！

範文華譯

老員外活到七十幾，孫都長大了，也不怕丟臉，娶一個續弦還大肆請客，殺個母豬也在吹法螺，不怕被笑死！

台語　尪姨順話尾
拼音　ang-î sūn uē-bué

華語　察言觀色順藤摸瓜

台語範文

伊問我講：彼个相命仙仔哪會遐勢，我的代誌伊攏知甲一清二楚？我應伊講：豈毋知伊尪姨順話尾，伊順你的話掠著你的心理啊！

範文華譯

他問我說：那個算命的怎麼那麼厲害，我的事情他都一清二楚，我跟他說，人家不就是察言觀色，順著你的話抓到你的心理嘛！

台語　床母做記號
拼音　tshng-bú tsò-kì-hō

華語　胎記

台語範文

床母嘛有囡仔性，記號無限身軀頂，
有人尻川有人面，大細深淺自然生。

範文華譯

床母也有小孩脾氣，做記號隨她高興，
有人在屁股有人在臉上，大小深淺都很自然。

台語　扶起無扶倒
拼音　hû-khí bô hû-tó

華語　錦上添花

台語範文

少年人出社會和人講話愛小保留一下，社會真現實，人攏是扶起無扶倒，你若講話傷坦白，共家己的尻川規个反峑看，是會予人看無起。

範文華譯

年輕人出社會和人講話要保留一點，社會很現實，人都是錦上添花的，你如果講話太坦白，什麼底細都告訴人家，是會讓人瞧不起的。

台語	孤鳥插人群
拼音	koo-tsiáu tshah lâng-kûn

華語	孤掌難鳴

台語範文

伊今仔入去公司的時，規公司攏是董事長個家族仔的人，伊孤鳥插人群工課真歹做，著愛比別人加幾若倍的努力佮辛苦才會當出頭！

範文華譯

他剛進公司的時候，全公司都是董事長他們家族的人，他孤掌難鳴工作很難推動，必須比別人付出好幾倍的辛勞和努力才得以出頭！

台語	抽死雞仔腸
拼音	thiu sí-ke-á-tng

華語	越哭越過癮

台語範文

遐濟囡仔就伊上顧人怨，愛哭神，磕袂著就哭，啊若哭就毋知通煞，哭甲若抽死雞仔腸，有時我看伊根本是共哭當做議量！

範文華譯

那麼多小孩就她最討人厭，愛哭鬼，動不動就哭，一哭就沒完沒了，好像越哭越過癮，有時我看她根本是把哭當消遣！

台語	拍狗毋出門
拼音	phah-káu m̄-tshut-mn̂g

華語　冷到狗都不出門

台語範文

無法度，一家伙仔頭喙濟濟，無趁無通食，為著顧三頓，這號天寒甲拍狗毋出門，嘛是愛出去討趁，無是欲食啥？

範文華譯

沒辦法，一家子人口眾多，不出去賺錢沒得吃，為了三餐，這種狗都不想出門的大冷天也得出門，不然怎麼養家！

台語	拗節的雨傘
拼音	áu-tsat ê hōo-suànn

華語　折疊傘

台語範文

我出門無愛紮雨傘，因為我感覺台北交通方便無必要，了後人叫我紮拗節的雨傘，我講彼查某囡仔咧用的，我無愛！

範文華譯

我出門不喜歡帶傘，因為我覺得台北交通很方便不需要，後來人家要我帶折疊傘，我說那是女孩子在用的，我不喜歡！

台語	放屁安狗心
拼音	pàng-phuì an káu-sim

華語　空話安撫你

台語範文

　　張員外個後生共伊講，若允伊娶「萬花樓」彼个頭腳的姑娘仔做細姨，伊從今以後就會收跤洗手，乖乖守踮厝，張員外講伊是放屁安狗心，講做伊講，我罔聽啦！

範文華譯

　　張員外的兒子跟他說，如果允許他娶「萬花樓」的那位頭牌姑娘做小的，他從此就改邪歸正乖乖在家，張員外說他講的都是空話，他講他的我隨便聽聽！

台語	放屎糊大跡
拼音	pàng-sái kôo tuā-jiah

華語　貪心不足佔一大片

台語範文

　　你這个囡仔就是貪心，明明食無遐濟，偏偏放屎糊大跡夾遮大堆，敢食會去，足歹款！

範文華譯

　　你這小孩就是貪心，明明吃不了那麼多，偏偏喜歡佔地盤挾那麼多，真的吃得了嗎，真是壞模樣！

台語　放觚鑿家己
拼音　pàng-koo-tshak-ka-kī

華語　害人害自己

台語範文

　　阿財的果子仔園不時夆偷挽，伊就佇果子仔欉塗跤一四界埋鐵釘仔崁草，準備對付賊仔，誰知彼工家己毋拄好去踏著，鑿甲血流血滴，哀爸叫母，予人笑講放觚鑿家己！

範文華譯

　　阿財的果園經常被偷摘，他就在果樹下到處埋鐵釘然後蓋上草，準備對付小偷，誰知道那天自己不小心踩到，被刺得血流不止，叫痛連連，被笑是害人害自己！

台語　怨無無怨少
拼音　uàn-bô bô uàn-tsió

華語　不患寡而患不均

台語範文

　　張董 --è 過身了後，外口走幾若个囝仔出來認老爸。律師講怨無無怨少，財產加減愛分寡予人，較免起告訴，對張董 --è 本人的名聲較毋好，對伊的家庭抑是公司嘛會帶來困擾。

範文華譯

　　張董過世以後，外頭跑出來好幾個認爸爸的。律師說不患寡而患不均，財產多少分人家一點，免得興訟，對張董個人的名聲不好，對家庭與公司也會帶來困擾！

台語　挕柴添火著
拼音　hiannh tshâ thinn hué-tȯh

華語　火上加油

台語範文

人翁仔某冤家佮你無底代，你徛倚去替人不平共人鬥罵，彼叫挕柴添火著，你敢毋知，你按呢做，有夠三八！

範文華譯

人家夫妻吵架跟你無關，你跑過去跟人家抱不平還幫人家吵，那叫火上加油，你不懂嗎？你這樣子做有夠三八！

台語　胡蠅舞屎桮
拼音　hôo-sîn bú sái-pue

華語　小孩玩大車

台語範文

老頭家 80 外歲矣，盡有一个後生猶未 20 歲，老頭家真煩惱，共人講，囝遮幼，毋捌世事，我若手頭交予伊，伊胡蠅舞屎桮敢舞會去！

範文華譯

老東家 80 多歲了，僅有一個兒子還不到 20 歲，老東家很苦惱，告訴人家說：兒子這麼小，少不更事，我如果交棒給他，他小孩玩大車，怎玩得動！

台語　食欲做皇帝
拼音　tsiah beh tsò hông-tè

華語　幹嘛吃那麼好？

台語範文

張員外好額悃好額，食食猶真儉，魚仔攏食煙仔花飛，叫伊食鮸仔，伊共我應講：食欲做皇帝。

範文華譯

張員外有錢是有錢，三餐飲食還是很省，魚都吃鰹魚鯖魚，叫他吃鮸魚，他跟我說：幹嘛吃那麼好！

台語　耽買無耽賣
拼音　tânn-bé bô tânn-bē

華語　錯買沒錯賣

台語範文

新出箭竹仔筍這陣一斤差不多愛 300，昨昏去培墓佇三芝路邊紲手買 5 斤才 1000，我共某講伊敢有賣毋著？某應我：耽買無耽賣，伊哪有可能賣毋著！

範文華譯

新出箭竹筍現在一斤差不多要 300，昨天去掃墓在三芝路邊順手買了 5 斤才 1000，我問老婆說他有沒有賣錯，老婆回我：錯買沒錯賣，他哪有可能賣錯！

台語 **臭柑排店面**
拼音 tshàu-kam pâi tiàm-bīn

華語 **醜人愛作怪**

台語範文

論成績伊排尾段，論人範嘛佮人袂比得，偏偏就是愛出風頭，見擺翕相攏欲㩋去徛頭前，真正臭柑排店面！

範文華譯

論成績他排後段，論模樣也跟人家沒得比，偏偏就是愛出風頭，每次拍照都要擠到前面站前排，真是醜人愛作怪！

台語 **掠貓照實報**
拼音 liah-niau tsiàu-sit pò

華語 **實不相瞞**

台語範文

阿榮最近定定去阿雄個兜坐，逐擺去都遮看遐看問東問西坐袂定著，阿雄問伊是按怎，阿榮講：我共你掠貓照實報，我是來揣恁小妹啦！

範文華譯

阿榮最近常常去阿雄家坐，每次去都東看西看又問東問西，阿雄問他怎麼了，阿榮說：實不相瞞，我是來找你妹妹的啦！

台語　牽牛仔雨傘
拼音　khan-gû-á hōo-suànn

華語　黑色雨傘，牛販慣用的雨傘

台語範文

　　阮三芝無牛墟，人欲買牛愛去牛販仔個兜買，牛販仔愛負責共牛牽去人兜交一人，以前出門攏是行路，一隻牛牽出門閣轉來到厝愛規工，所以牛販仔出門攏紮一支烏雨傘，阮共叫「牽牛仔雨傘」。

範文華譯

　　以前三芝沒有牛墟，買牛要到牛販家裡買，牛販要負責牽牛到府交給新主人。那時的人出門都靠走路，牽牛出門一趟往返有時要一整天，所以牛販出門都帶一把黑雨傘，我們叫它「牽牛人雨傘」。

台語　軟索仔牽豬
拼音　nńg-soh-á khan-ti

華語　軟功夫對付

台語範文

　　阿麗的後生今年國三，為著升學的代誌不時佮伊賭氣，愈講愈刁工，予伊氣甲欲死嘛是無伊法，阿媽勸伊講：這个年歲的囡仔，你愛軟索仔牽豬才有效！

範文華譯

　　阿麗的兒子今年國三，為了升學的事情一直跟她賭氣，越講越拗，把她氣半死就是拿他沒辦法，阿媽勸她說：這個年紀的小孩，你要用軟功夫才行！

台語	都才無簡單
拼音	to tsiah bô kán-tan

華語　好不容易

台語範文

　　阿娟都才無簡單考著 B2 中高級，翻身隨講欲閣繼續來拚 C2 專業級，閣也有影勇氣十足不止仔綿爛，想起當初伊 B2 是拚 3 擺才過，偌辛苦咧呢！

範文華譯

　　阿娟好不容易才考上 B2 中高級，馬上又說要繼續拚 C2 專業級，真的是勇氣十足精神可嘉，想起當初他的 B2 是拚 3 次才過，好辛苦呢！

台語	媠人無媠命
拼音	suí-lâng bô suí-miā

華語　紅顏薄命

台語範文

　　人講媠人無媠命，阮是命穤穤毋驚，
　　自細爸呵有上正，偏偏歹囝共阮誆，
　　為著愛情來賣命，命穤欲講予誰聽，
　　我苦啊～

範文華譯

　　人說紅顏多薄命，我是命苦苦難言，
　　從小被說長得正，偏偏壞人引上門，
　　為了愛情來賣命，命薄說予誰人聽，
　　我苦啊！

台語　挨貓膣袂吼
拼音　tu̍h niau-tsi buē-háu
華語　戳貓的生殖器貓都不叫，表示超級低能，什麼都不會

台語範文

隔壁阿寶 --à 真愛風神，逐項都欲展，個翁做鄉民代表，伊就四界共展講偌了不起，生一个後生其實是挨貓膣都袂吼，伊嘛膣寶 ni-ni 講伊是乖閣媠！

範文華譯

隔壁阿寶很愛面子，什麼都愛現，老公當鄉民代表，她就四處告訴人家說他有多了不起，生了個兒子是個拿棍子戳貓的生殖器貓都不叫的低能兒，她也寶貝兮兮，說他又乖又漂亮！

台語　敢有甲佗去
拼音　kám ū kah tó-khì
華語　又會怎麼樣？

台語範文

兄弟分家伙了後，小弟一直感覺無公平，彼工老母就共講：大兄頭喙濟，早前嘛共你鬥牽成有著，準講伊較好運抽著這份較有偏淡薄，兄弟仔代，按呢敢有甲佗去！

範文華譯

兄弟分家以後，弟弟一直覺得不公平，那天媽媽就跟他講：哥哥家人口多，過去也幫忙拉拔過你，就算他運氣好，抽到這份佔點小便宜，看在兄弟份上，這樣又會怎麼樣？

| 台語 | 敢會孝孤得 |
| 拼音 | kám-ē hàu-koo tit |

華語　能看嗎？

台語範文

伊都已經 80 外矣，人老大箍無打緊，偏偏閣毋認老，愛媠愛妝閣愛鬧熱，出門串穿就愛穿彼號公主裝，一个面畫甲若藝旦，閣愛上台講話唱歌，你想敢會孝孤得！

範文華譯

她都已經 80 多了，人老又胖不打緊，偏她又不認老，愛美愛化妝又愛熱鬧，出門偏愛穿公主裝，一張臉化裝得像藝旦，又喜歡上台講話唱歌，你說能看嗎？

| 台語 | 無下落人仔 |
| 拼音 | bô hē-lóh-lâng-á |

華語　不成材的人

台語範文

伊是世家子弟，才情誠好，不幸佇大學時代去牽連著政治事件，予人送去火燒島關十冬，放出來了後已經心神喪失，變一个無下落人仔，一世就按呢抾捒去！

範文華譯

他是世家子弟，才氣很好，不幸在大學時代牽連到政治事件，被送去綠島關了十年，放出來之後已經心神喪失，變一個沒有用的人，一輩子就這樣完蛋了！

台語 無位通下針
拼音 bô uī thang hē-tsiam

華語 找不到一點空隙

台語範文

伊夆送去強制改毒的所在的時，兩雙手閣二支大腿的針空是挨甲密喌喌無位通下針，好佳哉這馬改咧欲好矣！

範文華譯

他被送去勒戒的地方時，兩支手和兩條大腿的針孔是被扎得密密麻麻找不到一點空隙，好在現在好很多了！

台語 無貓無鵁鴒
拼音 bô-niau-bô-ka-līng

華語 無聲無息

台語範文

社仔島的百姓上可憐，逐擺有新市長上任就講欲緊來開發社仔島，紲來開會，勘查，公告舞一晡，結果 30 冬過，到今猶是無貓無鵁鴒，社仔島禁建照常是禁建！

範文華譯

社子島的百姓最可憐，每次有新市長上任就說要趕快來開發社子島，然後開會，勘查，公告搞半天，結果 30 年過了，到現在還是無聲無息，社子島禁建照樣是禁建！

台語　猴毋才按呢
拼音　kâu m̄-tsiah án-ne

華語　你真搞笑

台語範文

猴毋才按呢，早就共恁講好，這攤我欲請，人阮是欲慶祝阮囝考著好學校呢，予我請一擺是會甲佗去，恁按呢佮我相爭無意思，後擺大攤的才予恁，好無！

範文華譯

你們真搞笑，早就跟你們講好，這次我來請，我是要慶祝我兒子考上好學校，就讓我請一次又會怎麼樣，你們這樣跟我搶沒意思，下次花大錢的再讓你出好啦！

台語　痟入無痟出
拼音　siáu-jip bô siáu-tshut

華語　表面豪邁其實精明

台語範文

王董的這个人看起來真好鬥陣，參朋友接接表面上攏痟痟，好像無啥計較，其實伊是痟入無痟出，算甲實，歸尾伊攏無去夆偏去！

範文華譯

王董這個人看起來很好相處，和朋友打交道表面上都很隨便，好像沒什麼計較，其實那只是表面，內心精明得很，算到底，最後他是一點都沒吃虧！

台語 順風挩倒牆
拼音 sūn-hong-sak-tó-tshiûnn

華語 牆倒眾人推

台語範文

議長是烏底，平常逐家有忍伊三分，毋過這回因為炒地皮炒了傷無站節去予收押了後，有足濟人順風挩倒牆，出來檢舉足濟伊的歹代誌！

範文華譯

議長是黑底，平常大家有忍他三分，這回因為他炒地皮炒得過火被收押之後，有很多人就牆倒眾人推，順勢出來檢舉很多他的壞事！

台語 摎衫仔裾尾
拼音 khiú sann-á-ki bué

華語 拉著下擺跟隨沾光

台語範文

2018 年韓流當衝，帶動氣勢，足濟國民黨的候選人攏是摎韓國瑜的衫仔裾尾牢的，換到 2020，民進黨的候選人就去摎蔡英文的衫仔裾尾！

範文華譯

2018 年韓流氣勢正旺，帶動風潮，很多國民黨的候選人都是沾韓國瑜的光選上的，到了 2020，換成民進黨的候選人都去沾蔡英文的光！

台語　搣火烌跂跤
拼音　me hué-hu kué-kha
華語　抓灰燼墊他腳，長他威風而已，沒有幫助

台語範文

我的台語班有一个細漢囡仔來學，伊生做真巧閣自早有寡基礎，所以足愛揣大人講話通得著對方的呵咾，我攏提醒遐的大人，毋通搣火烌跂跤助伊的威風，會害著伊會變驕傲。

範文華譯

我的台語班有一個小朋友來學，他很聰明又本來有點基礎，所以喜歡找大人講話，希望得到對方的誇讚，我都提醒那些大人，不要隨便誇讚他，以免助他威風害他變驕傲。

台語　會好袂原全
拼音　ē-hó bē-guân-tsuân
華語　回不去了

台語範文

兩翁仔某已經拆破面，公開冤家，出手相拍，媒體相搤，法院相告十八般齣頭盡展，閣雙方厝裡的人嘛冤參落去矣，哪有可能會閣好，準會好嘛袂原全！

範文華譯

兩夫妻已經撕破臉，公開吵架，動手打架，上媒體互挖瘡疤，法院互告，十八套劇本全搬出來，雙方家裡的人也都攪進去，怎麼可能再和好，要好也不可能恢復原狀！

台語　較歹過俄羅
拼音　khah pháinn-kuè Ngôo-lô

華語　比俄國人還兇

台語範文

俄羅這个名詞是清國時代就有，日本時代共俄羅叫露西亞，不管清國、日本，攏認為俄羅是真歹的國家，所以有「較歹過俄羅」這句話！

範文華譯

俄羅這個名詞是清國時代就有，日本時代把俄羅叫露西亞，不管清國、日本，都認為俄羅斯是很凶惡的國家，所以有「比俄國人還凶」這句話！

台語　講天說皇帝
拼音　káng-thinn sueh hông-tè

華語　縱談古今，高談闊論

台語範文

食飽閒閒樹跤坐，招人講天說皇帝，
毋管阿姆佮阿伯，喝著開講攏無推。
無分序大佮序細，講話清彩無失禮，
厝邊互相捌真濟，落氣盡展袂抐抐。

範文華譯

沒事閒坐樹底下，邀人高談話古今，
不論大哥或大姐，說到聊天有精神。
此地不分大或小，隨便講話不當真，
鄰里本就很瞭解，糊來糊去不跳針。

台語 雷公仔點心
拼音 luî-kong-á tiám-sim

華語 該被天打雷劈的人

台語範文

俄羅軍隊佇《烏東布查》用殘忍的手段刣死 400 幾个《烏克蘭》的百姓,這陣俄羅兵真正是禽獸不如的雷公仔點心,應該愛去予雷公損死!

範文華譯

俄軍在烏東布查用殘忍的手段殺害了 400 多個烏克蘭的平民百姓,這些俄國士兵真是禽獸不如,該被天打雷劈!

台語 對一仔拍起
拼音 uì it-á phah-khí

華語 從根本開始

台語範文

當初事業失敗,了甲無賰半屑,這馬這間店,是阮兩翁仔某喙齒根咬咧,對一仔拍起,閣重做起來的呢!

範文華譯

當初事業失敗,虧得半點不剩,現在這個店,是我們夫妻倆咬著牙從頭開始,又重新做起來的呢!

台語　熗米糕留你
拼音　tshìng bí-ko lâu--lí

華語　捨不得你走

台語範文

你這个國家真現實，開喙合喙就是欲愛錢，無偌久進前都才援助你一條遐大條，這馬又閣喝講欲斷交，好啊，做你去啊，阮無熗米糕留你！

範文華譯

你這個國家好現實，開口閉口就是要錢，前不久才剛援助你一大筆，現在又喊著要斷交，好吧，你去吧，我們沒有捨不得強留你！

台語　福氣到毋知
拼音　hok-khì kàu m-tsai

華語　人在福中不知福

台語範文

阿原是小公務員，薪水少少 --à，佳哉太太真賢慧，炁三个囡仔以外閣兼做小生理，趁錢補貼家庭。阿原毋知感恩，對個某無蓋體貼，彼工個老母就共罵講：你是福氣到毋知，無這个某你就害！

範文華譯

阿原是小公務員薪水很少，幸好老婆很賢慧，帶三個小孩之外，還做點小生意賺錢補貼家用。阿原不知感恩，對老婆沒有很體貼，那天他老媽就罵他：人在福中不知福，沒這老婆他就慘了！

台語	閣假就無成
拼音	koh ké tō bô-sîng

華語	別再假了

台語範文

逐家攏知影伊足數想欲選總統,記者問伊欲選無?閣應講:《我只想什麼事對人民有好處》,死都毋肯針對問題回答一句實在話,有影足假,免來這套,閣假就無成!

範文華譯

大家都知道他很想選總統,記者問他要選嗎?他還是說:我只想什麼事對人民有好處,死都不肯針對問題回一句實話,真的很假,少來這一套,別再假了!

台語	羼脬步捏著
拼音	lān-pha-pōo tēnn--tio̍h

華語	預留後路

台語範文

今年公司營收袂穤,年尾結算趁真濟錢,小頭家較有企圖,想欲攏共提來投資起 2 間新廠,老頭家老步定,喝講袂使,羼脬步愛捏著,錢袂使開甲盡。

範文華譯

今年公司營收不錯,年終結算賺很多錢,小老闆比較有企圖,想要都拿來投資蓋二個新廠,大老闆比較沉穩,喊說不行,做事要預留後步,錢不可以花到盡!

台語　羼鳥比雞腿
拼音　lān-tsiáu pí ke-thuí

華語　大小懸殊沒得比

台語範文

馬克宏講歐洲個家己管，袂癮予美國做老大，毋過論實力，不管經濟規模抑是武力，法國比美國猶是羼鳥比雞腿，差濟咧！

範文華譯

馬克宏說歐洲他們要自己管，不願意美國來做老大，不過論實力，不管經濟規模還是武力，法國跟美國還是大小懸殊沒得比，還差得遠！

台語　錢銀三不便
拼音　tsînn-gûn sam put-piān

華語　手頭難免有不便的時候

台語範文

伊人慈悲，若有人手頭無方便欲共轉一下，伊攏盡量予人方便，講「錢銀三不便欠錢往會」，啊若欠伊錢的人欲共限一下，伊嘛盡量予人方便！

範文華譯

他人慈悲，若有人手頭不方便要跟他週轉一下，他都盡量給人方便，說「手頭難免不便，欠錢常有的事」，反過來如果欠他錢的人要他寬限一下，他也盡量給人方便！

台語	嚇猴食雞膏
拼音	hánn-kâu tsiàh ke-ko

華語	空口嚇唬人

台語範文

　　彼箍毋成囝走來市仔和逐家講：三工後若無交保護費，就欲予恁逐家知死活！逐家應伊講：好膽做你來，免蹛遐嚇猴食雞膏，你彼套逐家無咧共你信！

範文華譯

　　那個不成材的傢伙跑來菜市場跟大家說：三天後如果沒有交保護費，就會讓你們大家知道死活！大家回他說：有種就放馬過來，不用空口嚇唬人，你那套沒有人會理你！

台語	講彼無字的
拼音	kóng he bô-jī--ê

華語	講那什麼話

台語範文

　　阿明個兜散赤，將後生送予阿榮個招，品講將來生孫頭一个愛造阿榮的字姓，毋過阿明的人拗蠻，過了身就無欲佮人照直，硬欲計較講頭上仔伊欲愛，阿榮氣著 --à 講：你講彼無字的，當初你是按怎講的？！

範文華譯

　　阿明家窮，將兒子入贅給阿榮家，言明將來生孫，頭一胎要傳阿榮家的姓氏，可是阿明個性不講理，過後就不認帳，硬要計較說頭一胎他要，阿榮氣了說：你說那是什麼話，當初你是怎麼說的？！

台語　蠓仔釘牛角
拼音　báng-á tìng gû-kak

華語　渾然不覺

台語範文

　　公司管理穤，各種漏縫真濟，造成的損害袂少，我共董的講幾若擺，伊攏鐵齒無愛聽，我的話袂輸蠓仔釘牛角，伊就是聽袂入。

範文華譯

　　公司管理不好，各種漏洞很大，造成的損害不小，我跟董事長講過幾次，他都頑固不想聽，我的話他渾然不覺，就是聽不進！

全漢六字以上

台語	*毋甘拍交落去*
拼音	m-kam phah-ka-lauh khì

華語　捨不得拿出來

台語範文

彼个國家的人特別佮人無親像，逐工都共人展講個有偌進步偌好額，結果別人的國家若有啥物天災地變，個的人半仙錢都毋甘拍交落去，毋捌看個捐錢幫助別人！

範文華譯

那個國家的人特別跟人家不一樣，每天都跟人家炫耀他們有多進步多有錢，結果別人的國家若有什麼天災地變，他們的人半毛錢也捨不得拿出來，從不曾看他們捐錢幫助別人！

台語	*毋食圓毋啜湯*
拼音	m tsiah-înn m tsheh-thng

華語　不吃不喝不言不語

台語範文

彼工男朋友佮伊冤甲足功夫，二个攏毋讓步，最後兩个攏喝講欲扯，了後伊就覕佇房間仔底哭，毋食圓毋啜湯，老母嘛無伊法。

範文華譯

那天男朋友和她大吵一架，雙方都不願意讓步，最後兩個都叫著要分手，之後她就躲在房間裡哭，不吃不喝不言不語，老媽也拿她沒辦法！

台語　毋捌芋仔番薯
拼音　m-pat／bat ōo-á han-tsî

華語　啥都不懂

台語範文

日本字「里芋」是芋,「芋」是番薯,所以這兩項連日本人家己嘛分袂清楚,因為佇日本這兩項毋是親像咱台灣遐普遍,所以台灣人笑個毋捌芋仔番薯!

範文華譯

日本字「里芋」是芋頭,「芋」則是地瓜,所以這兩樣連日本人都分不清楚,因為這兩樣不像台灣那麼普遍,所以台灣人覺得好笑,認為他們什麼都不懂!

台語　牛屎龜掌石枋
拼音　gû-sái-ku thènn tsio̍h-pang

華語　硬撐

台語範文

細漢的時不時聽著阮老爸講的一句話,就是便若拄著伊的朋友共伊呵咾講伊遐勢,予阮三個姊弟仔冊讀遐懸,伊攏講伊是牛屎龜掌石枋,硬伴的呢!

範文華譯

小時候不時聽到老爸講的一句話,就是每次碰到他的朋友誇讚他好厲害,讓我們姊弟書都讀那麼高,他都會講說他是硬撐的呢!

台語　司公較勢和尚？
拼音　sai-kong khah gâu huê-siūnn?

華語直譯　道士比和尚行嗎？
華語意譯　你有比他行嗎？

台語範文

彼个人逐工對阿中嫌東嫌西，論甲真，伊家己無半撇干焦出一支喙，敢講司公會較勢和尚？

範文華譯

那個人每天對阿中嫌東嫌西，說到底，他自己本身沒半點本事只剩一張嘴，難道他會比較行嗎？

台語　好頭不如好尾
拼音　hó-thâu put-lû hó-bué

華語　有始有終

台語範文

人講七代燒好香才會當做翁某，傳統的觀念做翁某是一世人的代誌，毋但是感情嘛閣是責任，尤其是對囝兒序細閣較要緊，所以愛想講好頭不如好尾，毋當清彩放袂記。

範文華譯

人家說燒七代好香才能當夫妻，傳統的觀念夫妻是一輩子的事，不只是感情也是責任，尤其對子女更重要，所以要有始有終，不可以隨便忘記！

台語　有喙講甲無瀾
拼音　ū-tshuì-kóng-kah-bô-nuā

華語　苦口婆心

台語範文

聽著查某囝欲佮囝婿離緣，老母煩惱一下，趕緊走來勸伊千萬毋通按呢做，會使講是有喙講甲無瀾，結果嘛是無效，因為查某囝真正是感心矣啦！

範文華譯

聽到女兒要和女婿離婚，老媽很擔心趕忙跑來勸她千萬不可以，可以說是苦口婆心講到口乾，結果還是無效，因為女兒實在是傷透了心了！

台語　你插伊去歹睏
拼音　lí tshap-i khì pháinn-khùn

華語　你管他那麼多

台語範文

咱叫後生愛讀電子抑是商業才有前途，伊偏偏共咱走去讀歷史，講彼是伊的興趣，叫咱莫插，講也毋聽，你插伊去歹睏！

範文華譯

我叫兒子去讀電子還是商業才有前途，他偏偏跟我去讀歷史，說那是他的興趣，叫我不要管他，說也不聽，你管他那麼多！

台語　咒誓予別人死
拼音　tsiù-tsuā hōo pat-lâng sí

華語　設計別人，陷害別人

台語範文

阿君招阿娘咒誓，阿娘應好講：你若僥我你死某囝，我若僥你我死契兄。阿君講：按呢你咒誓予別人死，你貿贏你足巧，我佮你袂起，我認輸毋敢閣招你矣！

範文華譯

郎君找娘子發誓，娘子說好然後說：你若負我你死妻子兒女，我若負你我死情郎。郎君說你這樣設計我陷害我，你包贏你好聰明，我奉陪不起，我認輸不敢再找你了！

台語　垃圾食垃圾肥
拼音　lah-sap-tsiah lah-sap-puî

華語　胡亂吃胡亂肥

台語範文

伴奏天王《孔鏘》最近減肥成功，伊講伊較早佇演藝界食食攏無撙節，垃圾食垃圾肥所以傷大箍，這馬有較注意所以真緊就減落來！

範文華譯

孔鏘最近減肥成功，因為他以前在演藝圈飲食都沒有節制，胡亂吃胡亂肥導致發胖，現在有在注意所以很快就減下來了！

台語　狗屎乾塊塊寶
拼音　káu-sái-kuann tè tè pó

華語　樣樣不捨

台語範文

囡仔大漢矣，老母叫伊毋通項項閣攏欲向老母，房間愛家己抾抾咧，無路用的物件擲擲捒捒，結果伊狗屎乾塊塊寶，啥物都毋甘擲。

範文華譯

孩子長大了，媽媽叫他不要什麼事都還指望媽媽幫她做，房間自己收拾收拾，沒有用的東西丟一丟，結果他樣樣都是寶，什麼也捨不得丟！

台語　查某嫺仔捾肉
拼音　tsa-bóo-kán-á kuānn bah

華語　看得到吃不到

台語範文

阮做出納，規工摸的看的攏是銀票，身軀邊櫃仔內銀票一疊一疊看甲無愛看，其實阮不過是查某嫺仔捾肉，看有食無啦！

範文華譯

我們當出納，整天摸的看的都是鈔票，身邊和櫃子裡鈔票一疊一疊看到不想看，其實我們只是丫環提肉，看得到吃不到啦！

台語　相拍無過田岸
拼音　sio-phah bô-kuè tshân-huānn

華語　不相上下

台語範文

當初陳水扁佮謝長廷兩个的實力不管佗一項攏差不多，會使算講是相拍無過田岸，是尾仔新潮流猶對阿扁--à 這爿才見輸贏。

範文華譯

當初陳水扁跟謝長廷的實力不管哪一樣都差不多，可以說是不相上下，是後來新潮流壓寶阿扁才分出輸贏的！

台語　倩人哭無目屎
拼音　tshiànn-lâng-khàu bô bak-sái

華語　請人代做的事靠不住

台語範文

我共你講趁我無咧厝的時，你共我塗跤揉揉咧，你喙應我好，結果你清彩揮揮咧就準過，馬馬虎虎應付一下，有影倩人哭無目屎！

範文華譯

我要你趁我不在家的時候，幫我把地板拖一拖，你嘴巴說好，結果你隨便揮兩下就算了，馬馬虎虎應付我，真的拜託人做的事都不可靠！

台語 家己刣趁腹內
拼音 ka-kī thâi thàn pak-lāi

華語 隱喻內鬥

台語範文

公司自從市場派提著董事會了後，來一批新幹部，新舊幹部逐工相觸，因為雙方實力差無偌濟，所以欲見輸贏猶誠拚咧，只好繼續搬彼號家己刣趁腹內的戲齣！

範文華譯

公司自從市場派拿到董事會之後，來了一批新幹部，新舊幹部每天相鬥，因為雙方實力沒差很多，所以要分出高低還有得拚，只有繼續搞內鬥的戲碼！

台語 臭屁甲會薟人
拼音 tshàu-phuì kah ē hiam--lâng

華語 傲氣薰天

台語範文

伊是袂頇顢，毋過嘛毋免遐臭屁，比別人有加兩仙錢仔就臭屁甲會薟人，世間比你較勢的猶真濟！

範文華譯

他還算能幹，不過也不需要那麼臭屁，比別人多幾個錢就驕傲成那個樣子，世間比你行的人還多得很！

台語	骨頭好拍鼓矣
拼音	kut-thâu hó phah kóo--ah

華語	早就死了

台語範文

阿婆個乾仔孫欲出國留學,里長來共祝賀,共講:等恁孫提著博士轉來,咱才閣來好好仔慶祝,阿婆應伊講:到彼時我已經骨頭好拍鼓矣!

範文華譯

阿婆的曾孫要出國留學,里長來祝賀,跟她說:等你孫拿到博士回來我們再來好好慶祝,阿婆回他:到那時我早就死了!

台語	喙脣皮仔款待
拼音	tshuì-tûn-phuê-á khuán-thāi

華語	敷衍一下

台語範文

伊做人真現實,對朋友分足真,若是予伊感覺對伊有利用價值的,伊就恰人真好禮,若予伊看無夠重的就喙脣皮仔款待,無啥欲插人!

範文華譯

他做人很現實,對朋友分得很清楚,若是讓他感覺對他有利用價值的,他就對人家很客氣,若是被他感覺份量不夠,他就隨便敷衍一下,不大想理人!

台語　散甲鬼欲掠去
拼音　sàn-kah kuí beh liah--khì

華語　一貧如洗

台語範文

伊去火燒島深造 10 冬，厝裡財產攏夆充公，出來了後因為政治犯的身份揣無頭路，無人敢倩，做乞食嘛無地分，害伊真正散甲鬼欲掠去，好佳哉個某對伊不離不棄，共人洗衫趁錢飼伊！

範文華譯

他去綠島深造 10 年，家裡財產都被充公，出來之後因為政治犯的身分找不到工作，沒有人敢雇用他，當乞丐也沒地方要飯，害他真的是一貧如洗，所幸老婆對他不離不棄，幫人洗衣服賺錢養他！

台語　無夠三無夠四
拼音　bô-kàu-sann bô-kàu-sì

華語　還缺很多

台語範文

伊歡歡喜喜來台北讀大學，毋知影台北的物價遐貴，學校的宿舍閣分配無著，厝裡一個月予伊彼屑仔所費，有影無夠三無夠四，準備逐工食泡麵過日囉！

範文華譯

他高高興興來台北讀大學，不曉得台北的物價這麼高，學校宿舍也沒有分配到，家裡一個月給的那一點費用，真的還缺很多，準備每天吃泡麵過日子吧！

台語	無應橫無應直
拼音	bô ìn huâinn bô ìn tit

華語	不置可否

台語範文

阿芬欲哭欲哭共阿榮講：咱到遮為止莫閣行落去矣，阿榮問伊為啥物，阿芬講：我共咱的代誌共阮阿母講，伊無應橫也無應直，表示伊就是無贊成。

範文華譯

阿芬哭喪著臉跟阿榮說，我們的事到此為止不要再繼續了，阿榮問她為什麼，阿芬說：我把我們的事跟我老媽說，她不置可否，表示她並不贊成！

台語	猫仔毋知尾臭
拼音	bâ-á m-tsai bué-tshàu

華語	馬不知臉長

台語範文

在任的時是失敗的總裁，伊的匯率政策夆嫌甲欲死，落台了後閣毋知穤，不時對現任的講東講西，真正是猫仔毋知尾臭！

範文華譯

在任的時候是失敗的總裁，他的匯率政策被人家有很大的批判，下台之後還不知羞，不時對現任的說東說西，真是馬不知臉長！

台語 菜脯根罔咬鹹
拼音 tshài-póo-kin bóng kā kiâm

華語 招待不周不要客氣

台語範文

逐家好意來相揣，小弟穩厝仔有較狹，
粗菜泔糜仔若無嫌，菜脯根仔罔咬鹹。

範文華譯

大家盛情來光臨，舍下茅廬太歡迎，
粗茶淡飯若不棄，菜乾請勿當失禮。

台語 會呼雞袂歕火
拼音 ē-khoo-ke bē-pûn-hué

華語 上氣不接下氣

台語範文

阮三芝寒天風雨大，老爸下班轉來，一逝路半點外鐘，有一段愛
行佇透風坪，泅風泅雨瘖呴就發作，轉到厝攏會喘甲會呼雞袂歕火。

範文華譯

我們三芝冬天風雨大，老爸下班回來，走一趟要半個多小時，有
一段路要走在向風面，頂著風雨瘖喘病就發作，回到家就會上氣不接
下氣喘不過來！

台語　會曉捏袂曉算
拼音　ē-hiáu-tih bē-hiáu-sǹg

華語　思慮不周

台語範文

俄羅拍《烏克蘭》想講親像桌頂拈柑三工就欲共款起來，誰知《烏克蘭》人民對抗的意志佮美國偷援助伊算無著，結果舞甲塗塗，彼叫會曉捏袂曉算！

範文華譯

俄羅斯打烏克蘭原想像伸手到桌上拿個果子一般輕巧，三天就到手，誰知道烏克蘭人民對抗的意志和美國私下偷偷援助都沒有算到，結果搞得一塌糊塗，真是思慮不周啊！

台語　聖甲會食糕仔
拼音　siànn kah ē tsiah ko-á

華語　靈得會吃祭品

台語範文

佇這角勢猶是王董的上有夠力，伊的話敢若神，聖甲會食糕仔，毋信，你去揣伊，不管啥物代誌，伊敢允你就絕對共你做甲到！

範文華譯

在這一帶還是王董最夠力，他的話像神一般，靈得會吃祭品，不信你去找他，不管任何事，他敢答應你，就絕對幫你做到！

台語　盡忠的死代先
拼音　tsīn-tiong--ê sí tāi-sing

華語　老實規矩的總是吃虧

台語範文

　　戲齣內底奸臣攏會陷害忠臣，皇帝攏較愛聽奸臣的話，人講戲台頂有彼種人，戲台跤就有彼種人，親像恁公司升官的我看攏是奸巧的，分明就是盡忠的死代先。

範文華譯

　　戲劇裡奸臣都會陷害忠臣，皇帝都比較喜歡聽奸臣的話，人家說：戲台上有什麼人，戲台下就有什麼人，就像你們公司升官的我看都是奸佞的人，分明是忠直的比較吃虧！

台語　緊去，較袂窒車
拼音　kín-khì, khah-bē that-tshia

華語　快走不送

台語範文

　　你是按怎？你遐久無來，結果來無三分鐘就欲走，哪會遐無誠意？既然按呢，緊去，較袂窒車！

範文華譯

　　你是怎麼了，你那麼久沒來，結果來了不到三分鐘就要走，怎麼那麼沒有誠意，既然這樣快走不送！

台語	儉粟不如儉色
拼音	khiām-tshik put-jû khiām-sik

華語	存錢不如存色

台語範文

結婚了感覺大家仔奇怪奇怪，逐擺若日時 --à 佮翁踮房間仔底較久一下 --à，伊就假講欲揣個囝，問起來才知講是個老母有講：「儉粟不如儉色」！

範文華譯

結婚以後覺得婆婆有點怪，每次如果白天她和老公在房間裡頭待得久一點，她婆婆就會假裝找她兒子，問起來才知道婆婆說：「存錢不如存色」！

台語	慼甲肉欲甪去
拼音	tsheh kah bah beh lut--khì

華語	氣得快掉一塊肉

台語範文

我佮你田無溝水無流，是按怎講著我你就慼甲肉欲甪去？是我去挵破恁老爸的黃金甕，抑是我佮你有三代冤家，啊無敢是恁某去愛著我？

範文華譯

我跟你素無往來，為什麼你講到我就恨得快掉一塊肉，是我打破了你爹的骨頭甕，還是我跟你有三代冤仇，那不然難不成是你老婆愛上了我？

台語 豬母牽去牛墟
拼音 ti-bó khan-khì gû-hi

華語 牛頭不對馬嘴

台語範文

叫伊講幾項仔台灣本土的好食物仔，伊講：臭豆腐、牛肉麵、糖葫蘆、蒜泥白肉、紅油抄手、麻辣火鍋、水煎包，按呢敢毋是豬母牽去牛墟，攏毋著去矣！

範文華譯

叫他講幾樣台灣本土的美食，他說：臭豆腐、牛肉麵、糖葫蘆、蒜泥白肉、紅油抄手、麻辣火鍋、水煎包，這不是牛頭不對馬嘴，都搞錯了嗎！

台語 講話都袂加圇
拼音 kóng-uē to bē-ka-nng

華語 講話意思都表達不清

台語範文

伊共人展講伊的男朋友是教授，這馬佇台中彼間國立大學咧教，毋過今仔日鬥陣食飯，我看伊的男朋友講話都袂加圇，哪有可能？

範文華譯

她跟人家炫耀說她的男朋友是教授，現在台中那家國立大學任教，可是今天一起吃飯，我看他的男友話都講不清楚，怎麼有可能！

台語　仝天敢有各樣月
拼音　kāng-thinn kám-ū koh-iūnn gueh

華語　一視同仁

台語範文

阿蘭嫁予阿義做後岫，對前人囝的照顧較贏過家己生的，因為伊講：仝天敢有各樣月，前 --ā 生的佮我生的攏是我的囝！

範文華譯

阿蘭嫁給阿義做繼室，對前妻所生小孩的照顧勝過自己的小孩，因為她說要一視同仁，前妻的小孩也是我的小孩！

台語　好好米飼肫龜雞
拼音　hó-hó-bí tshī tuh-ku-ke

華語　好米養病雞

台語範文

老爸開足濟錢培養囡仔，補習，家教，送出國攏開落，結果三个囝無一个成樣，老爸氣甲講：我好好米飼肫龜雞！

範文華譯

老爸花很多錢培養小孩，補習，家教，送出國錢都花了，結果三個小孩沒一個像樣，老爸氣得說：我好好米養了病雞！

台語　真珠看做鳥鼠屎
拼音　tsin-tsu khuànn-tsò niáu-tshí-sái

華語　有眼無珠

台語範文

媒人講：查某囡仔彼爿嫌恁囝生做傷料小，無佮意，伊氣一下應講：阮囝是博士，真珠予伊看做鳥鼠屎，無佮意就無佮意，阮嘛無稀罕！

範文華譯

媒人說：女方那邊嫌你兒子長得太瘦小，不喜歡，她氣一下回說：我兒子是博士，他有眼無珠，不喜歡就不喜歡，我們也不稀罕！

台語　破柴和柴砧紲破
拼音　phuà-tshâ hām tshâ-tiam suà phuà

華語　把消息來源出賣了

台語範文

我是偷問你：阿娟佮個頭家是毋是有曖昧，結果你去共阿娟講我講伊佮個頭家有曖昧，你破柴和柴砧紲破，有夠歹心有夠害！

範文華譯

我是偷問你：阿娟和她老闆是否有曖昧，結果你去跟阿娟說我說她和她老闆有曖昧，你講話把消息來源都一起洩露了，你好壞真糟糕！

台語 掠死鬼仔塌涵空
拼音 liah sí-kuí-á thap âm-khang

華語 抓個替死鬼

台語範文

　　逐擺若大官做歹代誌烳空，結果攏是掠下跤手去食罪，這是真不應該的代誌，掠死鬼仔塌涵空，天跤下敢講誠實無天理咧？

範文華譯

　　每次若有大官做壞事出包，結果都是抓手下去頂罪，這是很不應該的事情，抓個替死鬼頂替，天底下難道沒有天理嗎？

台語 無三仙錢仔大才
拼音 bô sann-sián-tsînn-á tāi-tsâi

華語 成不了大器

台語範文

　　伊事業才咧起步，進前起起落落足長一段時間做袂起來，最近才小可有趁，想袂到伊趁無三仙錢就欲牽《法拉利》來駛，足好笑，予人笑講無三仙錢仔大才。

範文華譯

　　他事業才剛起步，之前起起落落有好長一段時間做不起來，最近才稍有起色，想不到他真是成不了大器要買法拉利來開，真好笑！被笑是沒有幾個斤兩的料。

台語 搣雞屎食毋知臭
拼音 me ke-sái tsiah m tsai tshàu

華語直譯 抓雞屎放嘴裡吃都不知臭
華語意譯 初生嬰兒般不更事

台語範文

伊入公司才幾年，靠伊佮董娘的關係，遮緊就予伊做業務課長，論真伊猶閣搣雞屎食毋知臭，這回標案連紲幾若擺提無著，莫怪！

範文華譯

他進公司才幾年，就憑他跟董娘的關係，很快就讓他當業務課長，其實他還是少不更事，這回幾個標案都沒拿到，難怪！

台語 銃子拍著羼鳥空
拼音 tshìng-tsí phah-tio̍h lān-tsiáu-khang

華語 就那麼倒楣

台語範文

賣肉粽的拄好捒車行對樓跤過，拄仔好予跳樓自殺的硩死，袂輸銃子拍著羼鳥空，註死走無路。

範文華譯

賣肉粽的剛好推著車子從樓下過，就那麼巧被跳樓的壓死，就那麼倒楣，命定該死的就是躲不掉！

台語　孔子公無收隔暝帖
拼音　Khóng-tsú-kong bô siu kè-mê-thiap

華語　世事難料

台語範文

　　阿英和伊的朋友感情誠好，閣拄仔好一个生查埔一个生查某，兩个就互相約束講大漢欲予個的囡仔做翁仔某，阿英個翁聽著就講：毋通，孔子公無收隔暝帖，按呢毋好！

範文華譯

　　阿英和她的朋友感情很好，又剛好一個生男一個生女，兩人就互相約定說長大以後要讓她們的孩子做夫妻，阿英的老公知道了就說：不可以，世事難料，這樣子不好！

台語　查某囝教娘嬭轉臍
拼音　tsa-bóo-kiánn kà niû-lé tńg-tsâi

華語　徒弟想教導師傅

台語範文

　　做人愛謙虛，講話四兩銃仔愛先除，毋通無勢假勢，無博做博，頂顢欲指導先覺，親像黃安欲指導張菲做主持，笑死人，彼叫查某囝教娘嬭轉臍！

範文華譯

　　做人要謙虛，講話要先掂一掂自己的斤兩，不要不行充行，肉咖要指導強咖，好像黃安要指導張菲做主持，笑死人，那叫女兒教老娘接生！

台語 食雞倚雞食鴨倚鴨
拼音 tsiah-ke-uá-ke tsiah-ah-uá-ah

華語 騎牆派，有奶便是娘

台語範文

　　張派做鄉長伊倚張派，做里長，提補助；洪派做鄉長伊倚洪派，照常做伊的里長，提伊的補助，食雞倚雞食鴨倚鴨，伊攏無差！

範文華譯

　　張派當鄉長的時候他靠張派，當里長，拿補助；洪派當鄉長他靠洪派，照樣當他的里長，拿他的補助，當個騎牆派，有奶便是娘，都沒差！

台語 徛著位較好鑿拳頭
拼音 khiā-tioh-uī khah-hó tshak-kûn-thâu

華語 佔有地利好出頭

台語範文

　　個全一批三個做陣考入來公司，到今猶未十年，個另外二个一个做課長一个做專員，干焦伊已經做甲經理，是按怎遐好空，因為伊來無偌久就去做董事長助理，徛著位較好鑿拳頭才會遐緊浮出來！

範文華譯

　　他們同一批三個人一起考進公司，到現在還不到 10 年，另外兩個一個當課長一個當專員，只有他已經做到經理，為什麼這麼好，因為他來沒多久就去當了董事長特助，佔了好位置好發揮，才會那麼快浮出來！

台語	無欲佮你阿姆阿伯
拼音	bô-beh kah-lí a-ḿ a-peh

華語　不跟你囉嗦

台語範文

彼个國家真恐怖，手段誠緊，佮別人攏無親像，毋信你看：伊按呢喝一聲欲封城就直接共恁兜的大門釘予死，無欲佮你阿姆阿伯！

範文華譯

那個國家很恐怖，手段很緊，跟別人都不一樣，不信你看：他一聲令下要封城就直接把你家的大門給釘死，不會跟你囉嗦！

台語	道理不明氣死閒人
拼音	tō-lí put-bîng khì-sí îng-lâng

華語　不講道理讓人看不下去

台語範文

俄羅出兵拍《烏克蘭》明明就是公然侵入別人的國家，道理不明氣死閒人，不但引起國際的制裁，嘛引起足濟人志願去加入對抗的行列！

範文華譯

俄國出兵打烏克蘭明明就是公然侵略別國的行為，不講道理讓人看不下去，不但引起國際的制裁，也引起很多人志願去加入對抗的行列！

台語 講話無關後尾仔門
拼音 kóng-uē bô kuainn āu-bué-á mng
華語 沒顧到隔牆有耳

台語範文

你問我講這層代誌你無公開為啥物逐家攏知？這愛怪你家己，彼工恁兩个覕踮茶水間仔嗤嗤呲呲，講甲歡喜愈講愈大聲，講話無關後尾仔門，規个辦公室攏嘛知影恁咧變啥物空！

範文華譯

你問我說這事情你並沒有公開為什麼大家都知道？這要怪你自己，那天你們在茶水間嘰嘰喳喳講個不停，越講越大聲，也沒留意隔牆有耳，以致整個辦公室都知道你們在幹什麼！

台語 捎著布袋巾就捾咧走
拼音 sa-tióh pòo-tē-kin tō kuānn leh tsáu
華語 不問青紅皂白

台語範文

聽著電視報講確診的人數衝甲上萬人，伊就緊去大賣場拖一堆物件轉來，個某共笑講你按呢捎著布袋巾就捾咧走，也無看清楚當中有 99.7% 是輕症，無發病嘛袂穢人的，你咧緊張啥？

範文華譯

聽到電視報說確診人數衝到上萬，他就趕去大賣場拖一堆東西回來，他老婆笑他說你這樣不問青紅皂白，也不看清楚確診當中輕診佔 99.7%，沒症狀也沒傳染力，你在急什麼？

台語　你毋驚我死我驚你無命
拼音　lí m kiann guá sí guá kiann lí bô-miā

華語　以牙還牙，以血還血

台語範文

　　毋通相信對侵略者好禮會帶來和平，侵略者有一定的目標，無達著伊的目標伊袂放手，而且伊的手段足凶殘，只有拚死抵抗才有活路，愛有：你毋驚我死，我驚你無命的覺悟！

範文華譯

　　不要相信對侵略者恭敬會帶來和平，侵略者有一定的目標，不達目標不會放手，而且他的手段很凶殘，只有拚死抵抗才有活路，要有以牙還牙以血還血的覺悟！

台語　前嶺未是崎後嶺較崎壁
拼音　tsîng-niá buē sī kiā, āu-niá khah kiā piah

華語直譯　前山未必很陡，後山陡得像牆壁
華語意譯　後頭還有苦頭吃

台語範文

　　阿麗 --ā 的老母反對伊佮阿德 --à 談戀愛，因為伊講阿德 --à 個兜有一个厲害的後母，前嶺未是崎，後嶺較崎壁，嫁去伊就知苦！

範文華譯

　　阿麗的母親反對她和阿德談戀愛，因為她說阿德家有一個厲害的後母，在家沒吃到苦，嫁去她就知道會有苦頭吃！

台語　閹雞抾碎米，水牛落肚沙
拼音　iam-ke khioh tshuì-bí, tsuí-gû làu tōo-sua

華語直譯　閹雞撿碎米，水牛拉肚子
華語意譯　明見秋毫，不見輿薪

台語範文

儉錢毋甘予囡仔讀冊，錢提去外口烏白掖做面子選議員，真正是閹雞抾碎米，水牛落肚沙，無效啦！

範文華譯

為了省錢捨不得讓小孩讀書，卻把錢拿去亂花做面子選議員，真是明見秋毫，不見輿薪，沒用啦！

台語　一个查某囝允 24 个囝婿
拼音　tsit ê tsa-bóo-kiánn ín jī-sì ê kiánn-sài

華語　輕諾寡信

台語範文

伊的人為著目的啥物話都敢講，這回選市長，允一堆人欲予個做副市長，袂輸一个查某囝允 24 个囝婿。

範文華譯

他這個人為了目的什麼話都敢講，這回選市長，他答應了一堆人要給他們做副市長，好比一個女兒答應了 24 個女婿！

台語 泰山的體格阿婆仔的身體
拼音 Thài-san ê thé-keh a-pô-á ê sin-thé

華語 虛有其表

台語範文

莫看伊按呢人懸漢大一欉迵大欉，其實伊是泰山的體格阿婆仔的身體，一陣風來就咕咕嗽，好看頭爾！

範文華譯

不要看他人高馬大長那麼大個子，其實他是虛有其表，一陣風來就打哆嗦，中看不中吃啦！

台語 鐵拍的身體袂堪得三日的落屎
拼音 thih--phah ê sin-thé bē-kham-tit sann jit ê làu-sái

華語 不堪虧累

台語範文

自從疫情了後，觀光客攏無去，賣場的開銷迵大，當初建置的錢閣攏銀行借的，利息愛照納，鐵拍的身體袂堪得三日的落屎，無幾個月就倒翹翹矣！

範文華譯

賣場的開銷那麼大，自從疫情之後，觀光客都不見了，當初起造的錢也都銀行借的，利息要照繳，不堪虧累，沒幾個月就倒閉了！

國家圖書館出版品預行編目

教典無的老台語 / 李恆德著. -- 初版. -- 臺北
市：就諦學堂有限公司, 2023.09
面；　公分
ISBN 978-986-98320-4-5(平裝)

1.CST: 臺語 2.CST: 讀本

803.38　　　　　　　　　112014344

教典無的老台語

作　　者／李恆德

出　　版／就諦學堂有限公司

地　　址／台北市中正區忠孝西路一段50號21樓之14

電　　話／(02)7725-0168

官　　網／www.ezlearn.tw

Line ID／@Jiudi

訂購帳戶／國泰世華銀行(013)館前分行

　　　　　戶名：就諦學堂有限公司　帳號：001035011885

發 行 人／李三財

企　　劃／賴振明

排版設計／秀威資訊科技股份有限公司 (02)2796-3638

印刷裝訂／中茂分色製版印刷事業股份有限公司 (02)2225-2627

總 經 銷／吳氏圖書股份有限公司 (02)3234-0036

印刷裝訂／瀛睿律師事務所簡榮宗律師

出版日期／2023年9月（初版）

定　　價／500元